我們都是這樣在屋邨長大的

（增訂本）

范永聰、范詠誼、
楊映輝

——著

非凡出版

增訂本序

　　《我們都是這樣在屋邨長大的》是我們合著的第一本著作。這書的創作緣起於我們的一次閒談。作為「文史人」，或多或少都喜歡文字，我們都希望有機會一起出版一本書，透過文字記念及回憶我們人生中最無憂無慮的時光，於是在 2019 年 1 月，這書便出版了。

　　這書出版後，意外地得到不少關注，先後於 2020 年 1 月出版第二版，2021 年 9 月第三次印刷。直至今年年初，出版社告訴我們著作已沒有庫存，詢問我們是否有意出版增訂版，我們三人當然樂意之至！

　　在此感謝初版的編輯梁卓倫先生、增訂版的編輯梁嘉俊先生，以及一直不辭勞苦地肩負聯絡工作的 Chobi 小姐。幾年過去，我們仍舊時時「拖稿」，感謝你們的耐心與包容。

　　《我們都是這樣在屋邨長大的》的出版成就了我們的美夢，這次的增訂版，讓我們美夢延續。

　　在此祝願所有讀者，無論你是否在屋邨長大，都擁有一個讓你們安心的家。

范永聰、范詠誼、楊映輝

2023 年 5 月

序一

公屋單位是個讓人又想、又恨、又愛的地方。

——如果你苦候多年還未獲派單位；一家數口尚在劏房內飽受煎熬，你會想它。

——如果你有多年居住公屋單位的經驗，生活環境愈見擠迫，你會恨它。

——如果你曾經在公屋居住，最後遷離；若干年後，你會愛它。

我在公屋居住了二十多年，人生至今有一半時間在那裏度過，它給我的，是無盡回憶與感觸。我一生中最無憂的、最快活的生活片段，都在那裏；我自問人生中學習到最有用的生活知識，並非來自書本，而是來自公屋生活的體驗。公屋，可不只是單單用來居住那麼簡單。

如果你是「公屋仔女」，看罷本書，你定會有所共鳴。

如果你從來沒有在公屋居住，看罷本書，你或許會有嘗試的衝動。

希望讀者們看得開心，回憶滿載。

最後，衷心感謝非凡出版高級經理梁卓倫先生再一次讓我夢想成真。

能和胞妹詠誼及妹夫映輝一起完成這次回憶之旅，是我莫大榮幸，謝謝您們！

是為序。

范永聰

2019 年 1 月 15 日

書於香港浸會大學歷史系

序二

從我的兩個夢說起

我在一條走廊緩緩而行，日落的餘暉在我身後傾灑着。走廊兩邊單位的鐵閘都掛上了布，看不清裏面的狀況。走廊很靜，沒有一丁點聲音。

我繼續走，還有幾個單位便走到走廊盡頭。驀地，有對話聲從某單位流竄而出：

「開飯了！先飲湯吧！」

「爸爸，我今天派了成績表啊！」

「噢，今天有蜜糖雞翼，太好了！」

「太熱了！媽媽，今晚可以早點開冷氣嗎？」

……

我望向聲音發出之處，單位內，一家四口正在吃晚飯，對話聲伴隨着電視聲，細細蔓延。我向單位內呼喚：「請問——」

睜開眼，是熟悉不過的天花板和房間。

我又一次在那個世界重訪故居了。

公屋生活是我成長中一個非常重要的階段。八十年代初，我們一家由筲箕灣唐樓遷至沙田沙角邨一個面積約 250 呎的公屋單位，爸、媽、哥和我終於擁有了一個簡樸卻溫暖的小天地。在這裏，我們經歷了人生種種的關鍵時刻，箇中不無酸楚苦澀，但甜蜜溫馨仍是主調。更重要的是，無論日子過得如何，一家人緊密伴隨，相互扶持，那是人生最幸福的時刻。二十年的公屋生活，讓我更明白了「家」的真正意義，也讓我再一次肯定自己的幸運——我有一對好父母。父親對家

庭滿有承擔，母親開明風趣，他們對子女愛護、包容、諄諄善誘，完全信任及支持我們追求的人生志向和決定。這個家造就了我積極樂觀的思想和對人生正面的價值觀，這可是我在人生遭遇患難時的一大後盾啊。

X　　　　X　　　　X

世上有不喜歡文字的「中文人」嗎？恐怕沒有吧。

那麼，是否所有「中文人」都有一個「寫作夢」？這個我卻不敢肯定。

但我肯定，亦必須承認，「寫作夢」一直潛藏在我心中深處。說是「夢」，它確是難以達成，不易高攀。原因是公事私事都忙，生活壓得人透不過氣，那來興致寫作？於是，愈寫愈少是必然的。偶然執筆，竟也覺難以駕馭。文字，竟然如斯陌生。

然而，世事真難料。兩年前得知竟有機會重拾寫作夢，而且更有機會出版成書，那種興奮，實難形容。進入寫稿階段，那種戰戰兢兢，也教人難忘。寫着寫着，與文字那種連繫好像慢慢回來了。況且人到中年，愛懷緬舊事，在記憶力日漸衰退的同時，童年往事卻益發深刻，寫舊事時回憶如泉湧，情懷亦緊隨而至。這是一個奇妙的過程，是一趟讓自己好好重溫前半生的旅程，從這些回溯中，我更清楚今天的我之所以成為現在模樣的原因，這讓我更有力量繼續前行，繼續探索。所以，寫這些文章沒有太大的負擔，一切都來得很療癒。

回想起來，愛上這「很療癒」的活動，源於我的高小階段。我很幸運，在求學歷程中，從沒間斷的碰上好老師，特別是好的中文老師。他們讓我愛上文字、愛上閱讀，從此，我的生活更踏實，我的生命更多姿。在一眾中文老師中，我要特別多謝許耀池老師——我中三級的

科任老師。許老師是一位極有學養和個人魅力的中文老師。中三那年，他介紹了很多現當代文學著作給我們，又引導我們閱讀文學作品的方法，這一年開始，我真真正正的愛上中文！另外，陳麗平老師（願您在天國看到）、易玉蓮老師、楊桂康老師、蔡金霜老師及廖玉筠老師，多謝您們用心的教導，從您們身上，我感受到中文老師對文學的熱誠，這種力量對學生的感染絕對厲害。以上所有老師們，您們是我的學習楷模！

最後，我要感謝此書的編輯梁卓倫先生，多謝你對我們三人時時「拖稿」的忍耐與包容！感激插畫師 Smallook 先生，你的插畫與我們的文字誠為絕配！感謝設計師楊愛文小姐用心製作的版式，也要感謝本書另外兩位作者小毛兄及輝 sir 在我寫作時的鼓勵與鞭策。

謹以此書獻給天上的父親及我的父母，還有那些消逝了卻如此美好的歲月！

范詠誼

2019 年 1 月

序三

　　我的人生上半場，差不多都是在公屋中開開心心地度過，雖然藍田邨已經拆卸，但是生活回憶仍在。《我們都是這樣在屋邨長大的》一書，記錄了我、太太，以及她哥哥過往居住公屋的生活點滴，儘管不盡相同，但相信其他曾住過或仍住在公屋的香港人應有所共鳴。在此先要感謝非凡出版的團隊，沒有他們的付出和信任，本書不會誕生。

　　在我的成長中，若沒有媽媽的悉心照顧，我和另外三位兄弟不可能在這樣好的環境下成長——儘管我們只是住在一個尋常不過的公屋單位。童年時，媽媽是全職家庭主婦，她所有時間都花在每位家庭成員身上——她每天早晚都會打掃斗室，使我們有個窗明几淨的家；家中還未有洗衣機時，媽媽不論春夏秋冬，每日都在窄窄的廚房裏用洗衣板洗衣，使我們每天有光潔的衣服穿着；每天她也會花心思製作不同美食，讓家人可以大快朵頤。容許我在這裏對媽媽說聲：「多謝！」

　　其次要感謝我中學時的中文老師——劉培基老師，相信不少聖言中學的學兄學弟都曾撰文讚頌劉培基老師的教導。劉培基老師是聖言中學的「神級」老師，他用心教學，令學生期待上課、喜歡上課。我也不例外，他令我喜歡學習，對學問產生追求的興趣。課後，他都會找不同的同學聊天，了解大家的近況，看看有沒有甚麼特別需要幫忙的地方。有一次，劉培基老師與一班同學放學後到街市的糖水店吃糖水，大家談談笑笑，這個畫面一次又一次在我的腦海裏出現。此情可待成追憶！

　　最後，我要感謝我的太太，陪伴我一起走人生的下半場。

太太是一位職業女性，繁重的工作已經令她忙得透不過氣來，但是太太仍然十分關心家中每一個人——我、兒子、女兒，讓我們可以在舒適的家中快快樂樂生活。

　　願各位讀者看得開心！

楊映輝

2019 年 1 月

目錄

我們都是這樣在屋邨長大的

第一章 ｜ 初到貴境

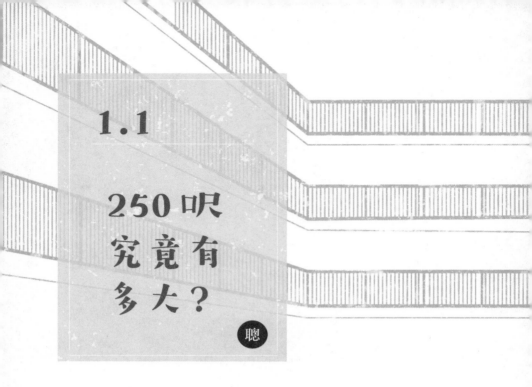

1.1

250 呎究竟有多大？

聰念

　　香港人對數字很是敏感──數字往往是一個人成功與否的象徵：銀行戶口內的存款、住所的面積、座駕的價值、身上穿戴的衣物「行頭」總值，甚至個人身高與三圍，都決定一個人的高低、成敗與榮辱。

　　縱然對數字極端着緊，有些與數字掛勾的抽象觀念，卻不是人人容易明白。例如住所的面積，就不是一個十分容易弄清楚的概念。姑且一問：「250呎究竟有多大？」相信沒有相關居住經驗的人一定答不出；比較富有的朋友們也肯定不清楚。「空間」是一種非常奇特的觀念，它如果沒有在你的生命與成長中產生重大意義與關連，那麼你對於它的認識，注定不會具體而豐富。

　　對我來說，「250呎究竟有多大？」很大，真的很大，大得難以想像、無從估算。1982年初，苦等經年以後，我們一家四口終於收到房屋署寄來的信──一封說我們可以「上

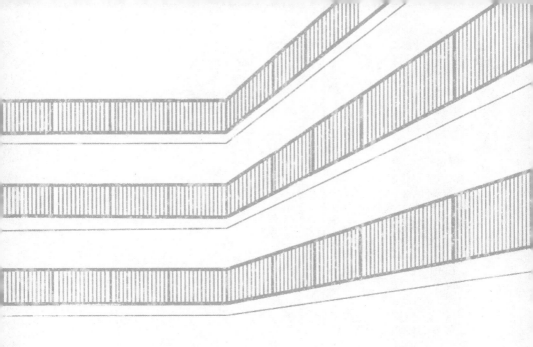

樓」的信。此前我們也未至於露宿街頭，而是住在筲箕灣一座舊唐樓內的一個單位。唐樓單位面積頗大，業主們往往把單位分隔成數個房間，再租給一家住戶，而那家住戶又可能會把房間再租予其他家庭。因此，那時候有所謂「二房東，三房客」之說——我們一家就是「三房客」了。幸運的是，我們的「二房東」正是我親伯父，所以儘管我們的房間只有不足一百呎的面積：我記憶中的生活空間就是一張兩層的木板床——上層放置大量雜物，一家四口就睡在下層，床邊有些木櫃，還有一部殘舊的黑白小電視機；但疼愛我們一家的伯父與伯娘完全容讓我們共享房間外的空間，這真是天大的好運氣。

但人生總不可能一世好運。業主迫遷，伯父一家遂遷往荃灣；我們則苦等公屋多年——申請已是很久前的事了，媽媽帶着我和妹妹，隔天就跑到何

向東南方，有風入屋，
非常光猛，感覺異常舒適；

250呎，原來真的很大！很大！

文田房屋署總部去催迫房署職員們，這已成為我和妹妹最重要的課外活動。爸爸眼見全無進展，便在我們居住的那座唐樓附近找尋新居。未幾，他找到一個比我們居住的房間更細小的地方。一家人愁眉苦臉的執拾細軟，預備迎接地獄般的新生活。否極泰來，就在人生最絕望的一刻，那來自房屋署的救命信來到。

新居位於沙田沙角邨。沙田？很遠！真的很遠！我對沙田有丁點認知，因我另一位伯父就住在沙田瀝源邨，我每年暑假都會去伯父家中小住數天，伯父一家很疼愛我，那裏過的是天堂般的生活。那時我們要從香港島遷居沙田，一切得重新適應，對我們一家來說，不能不算是個新挑戰。不過，據房屋署寄來的信上說，我們的新居，是一個實用面積接近250呎的公屋單位，單位內有屬於

自己的洗手間和廚房。這將會
是怎樣的新生活？我和妹妹都
不能想像。

　　懷着興奮的心情，我們
來到沙田，看看我們一家即將
入住的新居。房屋署職員帶我
們來到單位門前，整個樓層散
發着濃烈的油漆氣味──我們
將會認識很多新鄰居，這是我
們以前住在舊唐樓時無法經歷
的生活體驗。我們的單位位於
三樓，是太低層了──的確，
以後陸續出現很多生活上的問
題：樓層太低，很熱；夏天時，
大量會飛的昆蟲從廚房的窗口

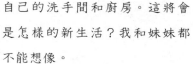

飛進來，最恐怖的首推飛行蟑螂——人很奇怪，以前住在舊唐樓時，蟑螂多不勝數，很多時睡覺也會感覺到它們在自己身上行走，撥開它便是。那時完全不害怕蟑螂，數量與體型如何，我也不怕。遷到公屋後，愈來愈怕；雖然我夠膽殺死它們，但仍是害怕。不過，三樓也不是完全沒有好處，出入我們都跑樓梯，不用苦等升降機。

房屋署職員把單位的鐵閘與木門打開，我們第一眼看到新居。那是一個長方型單位，間隔超級實用！向東南方，有風入屋，非常光猛，感覺異常舒適：250呎，原來真的很大！很大！媽媽最緊張廚房；爸爸研究如何安床及擺設家具；我和妹妹很緊張洗手間，希望洗手間內永遠不會有大蟑螂——以前住在唐樓，晚上去洗手間，要經過長長的廚房，走過時會聽到「沙沙……沙沙……」的聲音，那是大量蟑螂走動時發出的聲響，只要在洗手間門前一亮燈，就可清楚看到大量——是大量蟑螂在牆上和地上亂竄。我們可不要再用那樣的洗手間！

公屋，雖然只是公屋，不是私產；250呎，雖然對一家四口來說，平均每人只有60呎多的丁點生活空間，但它足夠大了，很大！這是一個很大的恩典，容讓我們一家擁有一個很大的新希望。

1982年初，我們遷到沙角邨新居，開展公屋生活。後來發生的事情是：不知道是單位縮小了，還是我和妹妹長大了，那250呎的空間，看起來愈來愈小。曾經是救我們家一命的公屋單位，後來我愈來愈不喜歡它，愈來愈看它不順眼。然後，很希望擺脫它，不要自己繼續生活在這個狹小的空間之內，覺得人要長進，要住在更好、更大的地方。到了2011年，媽媽離世，這單位就交還政府了。有一天，我再踏足這個生活了二十多年的地方，稍作最

後收拾，才發現這個或許會是我人生中待得最久的地方，原來對我來說那麼重要。收拾完畢後，單位還原，家中空空如也，時空就像回到1982年初第一眼看到這個單位時的景況。同樣是250呎，沒有增減一分一寸，但時光催迫，面目全非。

「250呎究竟有多大？」答案應該簡單得很：一個與你人生和成長息息相關的地方；一個給予你生活新希望的地方；一個孕育你雄心壯志的地方；你說它究竟有多大？那與面積相關的數字，其實怎也說不穿這公屋單位在一眾「屋邨仔女」心目中的巨大意義。

所以，你說它多大，它便多大。

筆者最後一次踏足公屋故居，單位交還予政府前作最後執拾；完成後拍攝留念。別矣沙角！
（攝於2011年7月21日）

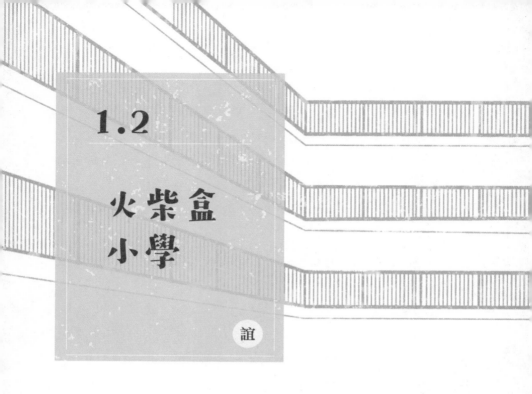

1.2

火柴盒小學

我是在 1982 年 3 月由筲箕灣的唐樓搬到沙田沙角邨的，那年正就讀小學二年級。重視子女學業的母親在未正式搬家前已替我和哥哥物色新小學，她相中的是邨內的教會學校，離我新居非常近，步程大概五分鐘左右。

可是，學校不會隨便接納你入學。事實上，不少與我年紀相若的小孩都在差不多時間搬到這新屋邨，要爭取到一個學籍，絕非易事。

我參與了一個入學考試，好像要應考中、英、數吧。考卷非常容易，我相信我應該獲得不錯的分數。放榜當天我還未搬家，結果是由我住在瀝源邨的二伯父去看結果的。很快父親便接到他的電話，說我順利被取錄了。後來媽媽告訴我，原來應考插班試的學生有七十多人，而學校只錄取四人，我很幸運，成為了那四人的其中一位。小時候頗感奇怪，不明白為甚麼哥哥不用和我一樣要

考插班試？原來因為他的舊校
與新校同屬一個辦學團體，舊
校校長為他寫了一封信，他便
甚麼也不用做就可以入學了，
二年級的我，隱隱明白了「不
公平」是甚麼一回事。

　　二月便開始下學期了，學
校想我們二月開學，但我們三
月才收樓，所以我和哥哥便寄
住在二伯父的家，方便上課。

　　我們就在那個嚴寒的冬季

開展了數年的「火柴盒小學」生涯。

所謂「火柴盒小學」，其特徵是方方正正，外型是一個立體長方形，活像一個火柴盒似的。這種建於香港七十年代的校舍，面積與我在筲箕灣的舊校相距太遠，第一次看到它時，心中暗忖：為甚麼學校這麼小！不過，對於一個7、8歲的小孩而言，這校舍其實已經是一個偌大的天地了。

每天早上，同學都在學校地下一層的「雨天操場」集隊，一同唸唸金句，聽聽老師的叮嚀。早會後，我們魚貫上樓；在春天梅雨時，鼻腔總是充斥着濕濕的空氣。偶爾觸着扶手，便會沾到腥腥的鐵鏽味。到達自己班別的樓層了，鮮有自然光滲入的走廊陰陰暗暗的，為某某女廁某某廁格鬧鬼的傳聞造就了更陰森的氣氛。然後，我們踏入課室，課室位於每層的兩側，在缺少對流風的吹拂下，學校旁邊的城門河陣陣污水味充斥，在春天，臭味尤為濃烈。

從來，成功的教育絕非只取決硬件。這類「火柴盒小學」沒有設備新穎的課室與特別室，但在只配備基本教學設施的課室裏，同學對老師「chalk and talk」的教授都聽得津津有味；音樂室當然也設置「簡約」，我在這音樂室裏嘗到了密集的合唱團練習；不算擠逼但絕非寬敞的教員室可讓服務生隨便出入，當過班長的我便有不少機會入內見識；圖書閣很小，但不阻我們捧着課外書閱讀的熱忱；操場肯定是「迷你」的，但無礙老師和我們的田徑訓練……無疑，校舍的設施相當一般，但學校生活卻很愉快、很愜意。

「火柴盒小學」校舍小小，卻困不住老師的諄諄教導和小孩子對未來的期盼。都說小學是每個人生命發展的重要階段，是這個火柴盒發掘了我們每一位的可能性，啟蒙了我們對生

筆者就讀的火柴盒小學。
（攝於 2009 年）

命的美好願景。

「生有時，死有時」，這所火柴盒小學於 1980 年開辦，歷經了 29 個寒暑，因為收生不足，終於在 2009 年完成了它的歷史使命，閉校了（或者説：遭殺校了）。從前那雜沓的腳步聲、小息時的談笑聲、粉筆劃在黑板上的吱吱聲、操場的喧鬧、下課的鐘鳴，一切原來很實在的聲音，一切原來能證明這是一所有生命的學校的聲音，在一夜間，悄然消逝；只餘下孤單的火柴盒，落寞地佇立着。

—— 後記 ——

原以為這所火柴盒小學會一直空置，後來得知它成了隔鄰一所中學的新校舍，太好了！

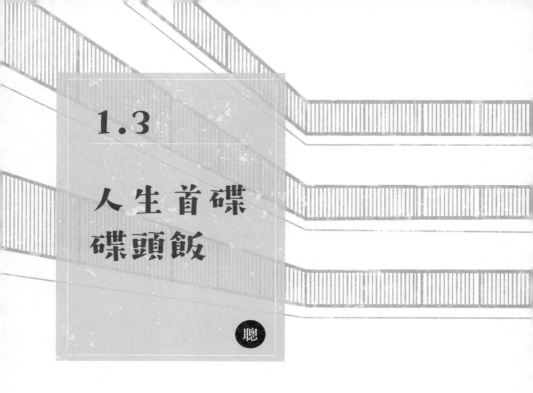

1.3

人生首碟 碟頭飯

聰

我喜歡大家都稱呼我「小毛」。好友與同事們請儘管直呼這個名字；對於大學裏的學生們，我也希望他們叫聲我「小毛老師」。課堂以外的時間，甚至直接叫我「小毛」也沒甚麼問題，這樣親切得多了；那些甚麼「范博士」、「Dr. FAN」的稱謂，太見外了，個人不很習慣。

新相識的朋友、同事和學生們，都慣常問我：「為甚麼你叫『小毛』呢？」然後我還

沒有回答，他們往往已經急不及待地猜測，不同的說法都有，其中一次，有位友人說：「呀！我懂了！你唸歷史的，你一定非常喜歡毛澤東吧？所以要為自己改個這樣的暱稱吧？」那一刻，我只有反眼。

既有「小毛」，當然也有「大毛」。我自 1982 年唸小學三年級起，就有「小毛」這個名字。1982 年初，我們一家四口從筲箕灣的舊唐樓搬遷到沙田沙角邨居住，我和妹妹因而

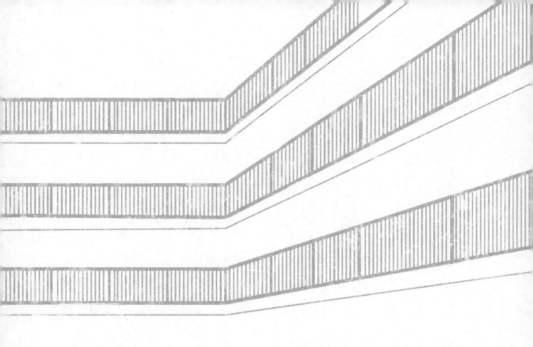

也需要申請轉校。居住在筲箕灣時，我就讀中華基督教會基灣小學，那是一所環境非常好的小學，校長和老師們都非常疼愛我；加上這所小學的升中派位成績一直非常理想，所以媽媽本來希望我繼續在這所學校唸書。不過，要在沙田居住，卻繼續在香港島上學，實在是接近不可能的工程。後來，媽媽得知有一所名叫基覺的小學，同樣隸屬中華基督教會，它正正位於沙角邨之內，而且該校在沙田區也是一所非常不錯的學校，於是媽媽改變初衷，決定要讓我和妹妹轉到這所小學唸書。我非常幸運，由於本來就讀同一教會轄下的基灣小學，所以我拿着該校校長及班主任給我的推薦信，經過一次非常「象徵式」的面試後，就順利進入基覺小學當插班生，展開小學三年級下學期的學習歷程了。

妹妹的情況有點不同，由於她本來並非就讀中華基督教會轄下小學，所以她要應考入

學試。她真是屬害——事實上，她自出娘胎就一直名列前茅，是位最典型的學霸。她參與的那一場基覺小學入學試，好像是七十多位小朋友爭奪四個學位，她竟然也能成功考上，真是瘋狂！她至今仍對我不用考試就能輕鬆進入新校唸書一事耿耿於懷；她需要應付競爭如此激烈的入學試，一定覺得世界很不公平吧？嘿嘿嘿嘿……世界從來也沒有公平啦，別天真了。

當插班生，是件很可怕的事。試想一下，你是一位插班生，被學校編到小學三年級某一班內。第一天上學，進入課室以後，班內所有同學基本上都已經互相熟識的了，而你一位朋友都還沒有。老師向全班同學介紹你的名字與來歷後，全體同學只會集中精神做一件事——不斷的打量你，這情況實在令人很不自在。

老師為我編了座位，我的鄰座是一位女同學；前面的兩個座位則坐着兩位男同學。未幾，辛辛苦苦等到了小息時間，坐在我前面的男同學轉個頭內跟我攀談。對話的內容我已經完全忘記；只記得最重要的一點——那位男同學名叫郭安傑，他是一位大大大大好人，他很樂意跟我交朋友，願意全力幫助我融入這個新環境。呀！還有，他向我介紹他的暱稱：他叫「大毛」。多麼奇怪的名字啊，原本名叫「郭安傑」的人，怎會有個叫「大毛」的暱稱？他說他自己也不知道，就當是乳名好了。

大毛是個怎樣的人呢？簡單點說，他就很重情義、很懂得並願意照顧身邊好友、而且極具魅力，深受班中所有男生擁戴的那種領袖人物。如果要更具體地形容，他很像太史公司馬遷筆下《史記》〈游俠列傳〉內的那些英雄人物，滿身都是俠氣；而且為人非常豪爽，不拘小節。我倆一見如故，到了後來升讀小學四年級，仍是

同一班。我們真的就像親兄弟一般，於是，不久以後，我就成為「小毛」了。

既是兄弟，大小二毛互訪對方府上，也是自然不過的事情。大毛經常會在放學後到我家來一起做功課和玩樂，他跟我一家也很稔熟；我也經常前往他家中作客，我們同樣居住在沙角邨，我住在金鶯樓；他住在沙燕樓，從我家全速跑往他的家，不計算等候升降機的時間，絕對不用十分鐘。其中一次到訪大毛家中的經歷，更對我影響極深。

話說有一次我到大毛家中玩耍，大毛媽媽問我有沒有興趣跟他們一起吃晚飯；我當然希望啦，這樣就能夠跟大毛玩個痛快了。在致電回家得到媽媽的首肯之後，我便留在大毛家中繼續盡情玩樂。到了大約晚上七時左右，大毛媽媽跟我們說：「我們去吃飯了，好嗎？」我非常詫異，問道：「啊！我們要外出嗎？到哪裏吃飯？我

還以為是在家裏吃啊。」大毛媽媽對我笑道：「我們到樓下商場內的茶餐廳吃晚飯好嗎？你試過到茶餐廳吃東西嗎？」老實說，還居沙角邨已有一年多了；茶餐廳是怎麼樣的，我當然知道，但我真的從來沒有在茶餐廳吃飯的經驗。大毛媽媽的建議太吸引了，我當下興高采烈地動身起行。

我們到達商場內唯一一間茶餐廳，餐廳老闆娘熱情地跟大毛媽媽打招呼，然後閒聊起來。我和大毛爸爸和大毛坐下來選擇食物，我毫無經驗，不知所措。大毛爸爸對我說：「小毛是第一次來這裏吃飯吧，不知選擇吃甚麼嗎？叔叔替你做決定好嗎？來一個免治牛肉飯如何？」我根本不知道免治牛肉飯是甚麼東西；事實上，整個餐牌上的中文字我都認識，但就是不知道它們的意思。好啦，免治牛肉飯就免治牛肉飯啦，我就跟從大毛爸爸的決定好了。

未幾，免治牛肉飯來到。我吃了一口，嘩！太好吃了，真的非常好吃，我從來沒有吃過這樣好吃的飯。大毛爸爸見我吃得津津有味，就跟我說道：「小毛，你記着了，這樣一碟白飯，伴隨着一些餸菜和醬汁，整碟送到你面前的，名叫『碟頭飯』；而你現在吃得津津有味的這一碟碟頭飯是『免治牛肉飯』，你要記着它的名字啊。」就因為大毛爸爸這一句說話，和那一碟超級美味的免治牛肉飯，我到了今天，仍然對免治牛肉飯有着一種非常特殊的感情。大家都說：「豆腐火腩飯，男人的浪漫」；但我對豆腐和火腩都不太感興趣，雖然我也是男人，但我的浪漫屬於免治牛肉飯。

回到家後，我大肆渲染免治牛肉飯的美味。疼愛我的媽媽不斷努力研究，經過多次失敗以後，終於研究出屬於范家自家製的免治牛肉飯。媽媽做的也很美味啊，但犯賤的我，卻就是喜歡茶餐廳的味道。非常有趣的是，免治牛肉飯其實是一種普通到不行的碟頭飯，差不多每一間茶餐廳都有供應；但是沙角邨的、博康邨的，甚至乙明邨的茶餐廳所供應的免治牛肉飯，都有不同味道。到了再長大一點，我仍然鍾愛免治牛肉飯，基本上無論我去到哪一區，我都會嘗試不同茶餐廳裏的免治牛肉飯，看看它們孰優孰劣。

然而，這種特殊興趣，到了今天，愈來愈難維持下去了。原因很簡單，作為公共屋邨文化表表者之一的茶餐廳，滅亡迫在眉睫。我這裏說的茶餐廳，是那種家庭式經營，而非連鎖店形式的那種茶餐廳。連鎖式茶餐廳，正值「如日中天」，當然不會滅亡。然而，當我們無論去到那裏，都是光顧同一家茶餐廳的不同分店；品嚐着同樣美味或同樣差劣的食物時，生活又有甚麼意思？

大毛後來如何呢？我們一

直同班，直至升中派位，我們被派往不同的中學，從此沒再聯絡。「小毛」這個名字，我一直用至今天，除了因為自小一起成長、至今仍有聯絡的好友們已經習慣這個稱謂；還隱含我對大毛這位兄弟的尊重與懷念。至於免治牛肉飯，今天要找一碟像樣的，已經非常困難了；我工作的大學裏有一家名叫「大Ｘ樂」的連鎖式餐廳，它也供應免治牛肉飯，我吃過一次，像夢魘；我再給它一次機會，它一再傷我心。我還在不斷找尋美味的免治牛肉飯，不會放棄。這一碟碟頭飯，或許就是我與那位已經失去聯絡的好兄弟之間的僅有聯繫。

未幾，免治牛肉飯來到。我吃了一口，

嘩！太好吃了，真的非常好吃，
我從來沒有吃過這樣好吃的飯。

第二章

街坊街里

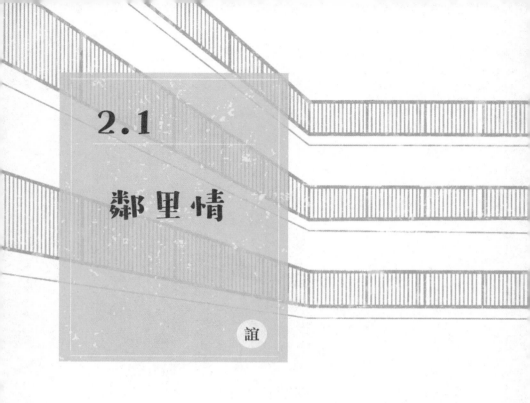

2.1

鄰里情

誼

　　沙角邨於 1980 年落成，而我居住的金鶯樓則於 1982 年入伙。這幢大廈屬「舊長型」，而且三座相連，據說這設計在當時是比較罕有的。我記得，每座每層有 20 個單位，三座合計便有 60 個單位。當然，要完全認識全部 60 個家庭是不可能的事，但對於自己居住那座的 20 個家庭，要知道他們姓氏、背景，甚或建立親厚的關係，在那個年代可說完全沒有難度。

　　搬屋前父母已不時教導：

「公共屋邨不像我們住的唐樓一層兩伙，公屋的鄰居很多，你們見到鄰舍要主動喚姨姨叔叔，知道嗎？」「很多」鄰居的概念於我而言着實陌生，以前住唐樓，只認識對面那家和樓上那家，還記得樓上的叔叔「打仔」的恐怖方法：邊追捕兒子，邊用手上的膠水喉管鞭打他，雖然我只目擊過一兩次，但小小的心靈已留下可怕的陰影。所以當媽媽說住公屋會有很多鄰居時，我心中泛起了一個畫面：一個一

個叔叔正拿着膠水喉管張牙舞爪、竭力「運功」，誓要將自己的兒子打至皮開肉綻……

入伙了。由於舊居業主逼遷，我們收樓後便火速搬家。我座 20 個單位由最初只得寥寥數戶，慢慢的，全部家庭一家一家的入伙了。我的鄰居會是怎樣的呢？小孩子的夢魘會成真嗎？

事實證明，小孩子的想像力實在太豐富了。我們很快便認識了十多戶鄰居，其中幾個家庭更與我家關係密切。我們在二十多年的公屋歲月中，守望相助，充分印證了「遠親不如近鄰」這諺語。

我有三位好朋友（我們的諢號：四朵金花），她們分別是徐家、林家、陳家的女兒。林家與陳家女兒年紀與我相若，所以大家的思想發展最相近；徐家女兒比我年少三歲，小時候自命成熟的我偶爾會嫌她幼稚，偏偏母親與她的媽媽非常投契，二人情如姊姊，後來徐太太的兩名子女更成了我媽的誼子、誼

女，我和哥哥也就多了兩個誼兄妹。我與這個誼妹漸漸經常黏在一塊，偶爾我還會教她做功課、協助她完成勞作作品。每逢假日，我們會一起到遊樂場跑跑跳跳，或者兩家結伴出遊；有時我們會在課後的下午茶時間去飲茶，兩個母親聊聊這，聊聊那，兩個小女孩則玩玩具，談談不着邊際的話題。慢慢地，我覺得自己不再是家中的孤女，我有了一個妹妹，我成了別人的姐姐了。

除了孩子間一同玩樂和成長的情誼外，鄰里間的密切關係，在那年代的公屋中，處處可見。這種親厚情誼在「食」方面可見一斑。我媽媽廚藝了得，不時鑽研新菜式，試驗成功便會將成品分發到幾戶相熟的家庭，當然，鄰居都會禮尚往來，於是一待開飯時間，「交換餸菜」這場面就會時有發生。誼妹一家住在我家毗鄰，他們是潮州人，有時他們會端來一大碗「鹹菜豬肚湯」。身為廣東人的我從未見過這東西，第一次看見的時候，看到碗內熱湯呈奶白色，一塊塊白白的豬肚和青綠的鹹菜載浮載沉，喝一口，鹹中帶點微辣，原來湯中擱了胡椒！又一次，誼妹母親煮了一碗東西，遠遠瞥見，黑壓壓的，近看原來是黑色的牛柏葉，當下童言無忌說：「你們沒有洗淨牛柏葉嗎？」誼妹母親噗嗤一笑：「這是黑柏葉，也是我們潮州名物。白色的牛柏葉是漂過的，黑色這種才是新鮮呢！」吃一口，口感爽中帶韌，好味！

交換食物的又豈止一家半家？自從我對面家的年輕太太搬走後，住進了一位老婆婆，她一生未有結婚，原來年輕時在有錢人家當「馬姐」；有時，她會端來一些不知名的食物，都是她自家製作，「少爺、小姐，有嘢食呀！」對於「少爺」、「小姐」這些稱呼，我們都習慣了，不再拒絕；對於她不時送上小食，我們更加卻之不恭了。

那個年代，鄰里間的密切關

係，在「相互信任」這一環上更發揮得淋漓盡致。煮飯了，赫然發現沒有蛋，或者缺了鹽、糖、油等東西，往鄰居一借，簡直是一呼百應，而且大家都不會與你計較，所以這些東西往往都是「有借無還」，因為今天我問你借，明天可能到你問我借，總之，大家都是「無計」吧！外出了，想着想着，好像忘了關掉爐火！大件事，隨時釀成火災！稍安毋躁，在商店借電話，搖一通電話給某某鄰居，他便會將走廊中單位外的煤氣掣關掉，一切化險為夷。如果外出時突然下雨又如何？衣服晾掛在窗外，怎辦？同樣，只消致電鄰居，他便會以你寄存在他家裏的後備鑰匙開門，幫你收起衣服。如果那鄰居不在家，致電另一位鄰居吧！因為他也有你家的後備鑰匙啊！

打從 1982 年搬進這屋邨，直至媽媽於 2011 年離世退租，三十年間，我小時候幻想中張牙舞爪的鄰居叔叔從沒有出現過。現身的，反而是一個一個可以互相幫助、互為扶持，甚至互訴心事的好鄰舍。

三樓的鄰居們，你們現在還好嗎？

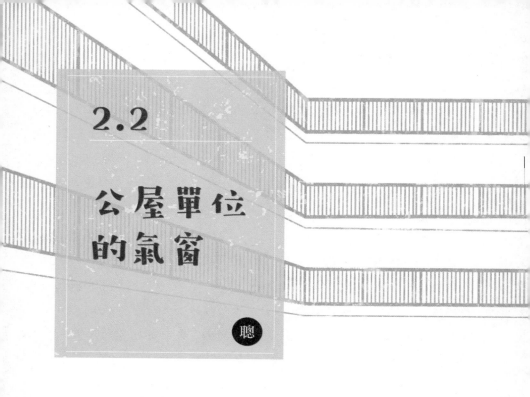

2.2

公屋單位
的氣窗

聰

公屋單位，一般而言，都會在其中一面牆的上方安裝一個或一排氣窗。公屋單位設計不同，氣窗的樣式因而有異。然而，無論它們的設計如何，它們的功能都是一樣——用來溝通。

溝通？用氣窗來溝通？沒聽錯吧？對啊！你沒聽錯，氣窗是用來溝通的。

氣窗不是用來幫助單位空氣流通的嗎？對！這是它原本設定的最主要用途。不過，居

住在公屋單位內的小朋友們，都擁有驚人的睿智，竟想到使用它來完成人與人之間的交流與溝通。

我聽過這樣的一個故事。有一位小妹妹，她跟爸爸、媽媽和姊姊居住在一個公屋單位；公屋樓層的走廊內充斥着濃濃的人情味，只要你願意，很容易就能跟鄰居成為朋友。小妹妹也交了一位摯友——一位居住在她隔鄰、年紀大她一點點的姐姐，名叫 Tina。或許由於

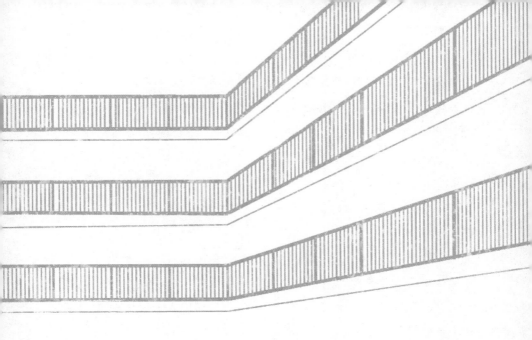

這位姐姐平時有丁點行為不端，小妹妹的媽媽阻止她們交朋友。那麼該如何在隱瞞媽媽的情況下，繼續與那位姐姐交往？小妹妹費煞思量。

小妹妹也真厲害，竟然給她想到利用那一排氣窗。那時很多公屋家庭的家中都會有一、兩張「碌架床」（雙層床）供小朋友睡覺。不知道公屋單位是否都有一個固定的設計圖樣，絕大多數公屋家庭都把這「碌架床」放置在有氣窗那邊的牆。

小妹妹剛巧就是睡在「碌架床」的上層，她竟然想到把寫滿訊息的字條透過氣窗傳遞出去；站在走廊的姐姐就接過字條。為了避免媽媽發現她暗中與 Tina 姐姐交往，小妹妹還為 Tina 想了一個稱呼暗號——「天呀」，一個跟 Tina 發音接近的疑似中文名字。每次小妹妹在呼叫「天呀」、「天呀」的時候，就連 Tina 的媽媽都聽得到是小妹妹在呼喚——用來分隔公屋單位那薄薄的石屎牆身，其實不是

很隔音，Tina 的媽媽很容易聽到小妹妹的叫聲，然後就會對 Tina 說：「叫你啊！有人叫你啊！」如此一來，兩人透過氣窗互傳訊息，繼續交往，真是屬害的民間智慧，而且淳樸天真。

然而，再苦心經營的友誼，也難乃會有盡頭；縱然只是住在隔壁，最後成為好友還是只能當個鄰居，很多時只是一線之差。小妹妹與 Tina 姐姐日漸長大，成長讓她們慢慢變得陌生：到了後來，二人接近完全零交流，甚至各自出門「難得」偶遇了，竟然連一下點頭微笑也覺得彆扭。小妹妹得到令人難堪、卻又真實無比的感悟：「隔着薄牆，還可清楚聽到鄰居的家事；走出了家門，卻竟然相對無言，方發現原來彼此甚麼都不是。透過薄牆『聆聽』到的吵鬧聲、笑聲、哭聲，竟遠比面對面時來得親近。有牆遠比無牆好，這是不是很諷刺？」──衷心感謝馬文雅小姐提供真人真事真感受。

我也有類近的、改變氣窗用途的實戰經驗。我們一家正式遷居沙角邨的公屋單位後，未幾，已差不多認識整條走廊所有家庭。由於沙角邨屬於新建屋邨，所以全數住戶都是新搬進來的家庭。大家都在努力適應新環境，同舟共濟，關係非常密切而友好。我們居住的樓層共有 60 個單位，分成 A、B、C 三座，每座有 20 個單位，門當戶對，我們家的單位位於 C 座三樓。C 座三樓住有 20 個家庭，當中接近一半有小孩子。這些小朋友，年齡也不會相差太遠。各家各戶於 1982 年初左右陸續入伙，小孩子們漸漸成為好友。

我就在同一條走廊交了三位摯友，四個男孩經常在走廊聚集喧鬧。小時候大家總在一起玩──印象中我們在一起真的只有玩，好像從來沒有嘗試進行「學術交流」。在家門口認識的兄弟，就是吃喝玩樂的

沙角邨金鶯樓 C 座 3 樓走廊盡頭——
我們稱呼它「前梯」（走廊盡頭樓梯之
意），是我們「走廊兄弟」最常聚集的
地方。（攝於 2011 年 7 月 21 日）

兄弟；在學校認識的兄弟，當然也會吃喝玩樂，但由於他們同時附帶「同學」的身份，故偶爾也會進行一下學業上的交流。然而，由鄰居關係晉升成為「兄弟」的，「玩樂」就是我們一起時最關心的事情。我們會一起踢足球（有時在走廊；有時在樓下公園）、捉迷藏、玩積木，跑到博康邨附近的山澗去玩水，到大牌檔去吃點東西（這是進行次數最少的活動，因為大家都沒錢）；當然也會分享一下心事。後來大家長大了，感情仍然很好，我們談的事情也愈來愈複雜。感情問題、學業前途、家庭糾紛等等，大堆大堆的議題，四個大男孩聚在一起，有時在走廊盡頭的欄杆處暢談；有時跑到樓下的涼亭處聚會，無數個晚上就此度過。

為了方便號召聚集，四人之中，不知是誰首先發明了一個偉大的聯絡暗號，也不記得由何時開始，我們習慣不通電話，索性透過氣窗來呼喚兄弟。每當有人想發起聚會的時候，那人就會跑出走廊來，走到其他兄弟家門口上方的氣窗位置下，在不太騷擾其他鄰居及兄弟家人的情況下（大概自十多歲開始，我們的聚會通常於深夜進行），舉頭向着兄弟家的

氣窗位置，緩慢地發出「殊～～殊～～殊～～」的聲響。我們通常只會重複「殊～～殊～～殊～～」三遍左右，如果兄弟沒有開門回應，那麼他應該不在家了——這個暗號初期使用時，差不多每次都能召喚全數兄弟；後來隨着大家逐漸長大，各自的生活圈子愈來愈廣——主要是因為有不少美麗少女先後介入我們的友誼之中啦；到了我們在公屋居住的後期，有時不論「殊～～」多少遍，四人當中或許只有兩人出現。成長，確是所有友誼的公敵。

這個暗號用得久了，有時會令人產生幻聽。到了二十六至三十歲那段時期，也是我住在公屋的最後那幾年，偶然會於深夜時突然聽到兄弟們的「殊～～殊～～殊～～」聲響，但當我懷着興奮的心情迅速打開大門時，卻發現門口空無一人。

我很懷念人生一段日子，一段過着不正常生活的日子。

大約是二十三、四歲左右，我開始在香港浸會大學歷史系修讀哲學碩士學位課程。那是一段真正自由自在的日子，由於研究院的主要修業要求是完成碩士論文；加上恩師周佳榮教授給予我在學習上極大的自由度，我那時過着天堂般的生活——我喜愛夜晚，特別是深夜的感覺，研究生的身份容讓我可以放肆地享受這種特殊興趣；更難得的是，我的另外三位兄弟：他們其中一位在香港大學理學院研究院唸書、一位從事夜班工作，最後一位則過着 SOHO（Small Office Home Office）的自僱形式生活——我們差不多隔天就可齊集，一起跑到屋邨商場的茶餐廳吃下午茶（對我們四人來說，那或許是早餐），暢談一番。那段時間大約斷斷續續的維持了接近一年，絕對是我人生活得最寫意、最無包袱的一年。這種生活，或許有點奢侈，所以它不能太長，只能作為一個珍貴的回憶。那

寫意生活過去後，前文提到幻聽隨之而來，正是「出得嚟行，預咗要還」……

那動人的氣窗，可不是只有盛載美麗的回憶。我長年累月所睡的，正是「碌架床」上層。與大部分公屋家庭不同，我家的「碌架床」並不放置在氣窗所在的那邊牆；反而放置在氣窗的斜對面。這個位置，令我在睡覺時可以清楚看到氣窗。夏天的時候，特別是年紀尚小、家境還比較差、沒有空調的那段日子，晚上睡覺時，往往要打開氣窗來幫助室內空氣流通（我雖然熱愛深夜，但偶爾也會過過正常生活，晚上睡覺）。睡在「碌架床」上層，側身看着那打開的氣窗，偶然會聽到走廊外傳來腳步聲，然後透過氣窗看到一個人頭「飄過」；縱然他們往往是我認識的鄰居，那感覺還是有點怪異。因此，到後來我們家境有點改善，安裝了空調以後，盛夏晚上如果爸媽覺得可以開動空調，我一定第一時間前去關閉氣窗；並時刻檢查氣窗是否已經關妥。

我總是覺得，我那要命的、跟隨我經年的強迫症，與我不時檢查氣窗是否關妥，有極密切關係。所以，那一扇氣窗，或許是我珍貴回憶的憑藉；同時也是我人生部分夢魘的由來。

我家的氣窗──既通往回憶，或許也傳來夢魘？
（攝於 2011 年 7 月 21 日）

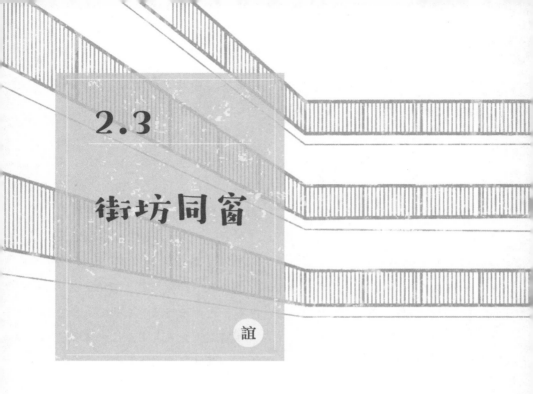

2.3
街坊同窗
誼

那個年代，住在公共屋邨的，父母為孩子選擇小學的首要條件多是與自己家距離近，最好同邨，方便小孩步行上課下課。由小四開始，我便和哥哥結伴上學，毋須父母帶領。在回校的過程中，有時會在樓下碰見同窗，於是很自然的便會走在一起，一同回校。放學時，我和哥哥都不會跟從歸程大隊，我們會與住在同座的女同學和她的弟弟一起步行回家。這種既是同座街坊又是同窗的

人，同級中應該至少有五位。

記得在一個無聊的午後，六年級的我倚在家中廚房的窗邊眺望街景，偶一抬頭，瞥見樓上單位正在晾曬一件校服裙，大小與我穿的差不多，在微風撩動之間，我清楚看到那校徽與我的小學一模一樣！樓上單位有一個女孩與我就讀同一所學校？心中立時暗忖：沒可能，同級而又同座的同學我全都認識，但就是不知道有同學住在我樓上！把這想法告訴媽媽，

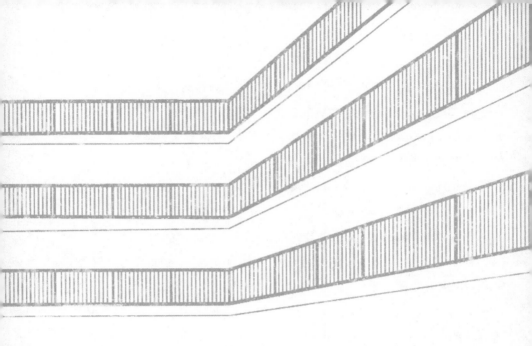

她回應：「或者她是另一級的學生呢？又或者，她是下午校的學生呢？」是啊！好有可能。於是我很快便忘記這個「大發現」了。

升至中學，學校位處沙田第一城，路程離家稍遠。上學途中雖不如小學般常遇到同座同學，但同級中仍有不少同學與我同邨，又或者居於附近的博康邨。下課後，我們多會結伴乘搭巴士回家。我的「街坊同窗」仍然不缺。

又是一個無聊的午後，就讀中一的我正在家中製作香皂花籃，突然，廚房中的媽媽大叫：「快過來看看樓上的校服！」我抬頭，又一次看到樓上單位的「三支香」晾衫竹上，掛着一件跟我中學一樣的校服裙。天呀！樓上的女孩竟與我就讀同一所中學！上一年看到的明明還是與我一樣的小學校服，今年竟然轉成了與我一樣的中學校服！她與我同齡，她與我同級！正在訝異着竟有如

斯巧合的事之際，心念一轉：這個有緣人，究竟是誰？是否都是1E班的？瞬間我有衝動跑到樓上拍門，看看這個女孩究竟是誰。當然，我並沒有這樣做。

心裏的狐疑在餘下的中一日子都得不到答案。慢慢的，我又將這事淡忘了。

中二，我被編到2D班，幸運的，有幾位中一的同班好友一同被編進這班。那邊廂，我也認識了幾位新朋友，而其中一位與我特別投緣。她瓜子口臉，眼耳口鼻都是小小的，身材亦嬌小，予人一種纖巧感覺。她很文靜，待人和藹，彬彬有禮。我與她特別投緣，原因是我們都是Beyond的歌迷！記得有一次轉堂時，我還與坐在後面的她合唱〈喜歡你〉呢。

我與這位同學愈來愈熟絡，開始成了互訴心事的好朋友。一次在閒聊時，得知她原來與我同住一邨！

「你住哪座？」我問。

「金鶯樓。」她答。

「哪一層？」我再問。

「4樓。」她又答。

「4樓？我住3樓啊！你哪個單位？」我追問。

「4XX室。」她再答。

「4XX室？天啊！你住我樓上！名副其實的『樓上樓下』呀！」我很驚訝。

後來，我才知道，原來她與我一樣，一早發現了樓下的女孩和她讀一樣的小學、一樣的中學。小學時我們未有發現對方，因為我讀上午校，她讀下午校，而奇妙的緣分終究把我們牽引在一起了。

從此，我們這兩個街坊同窗便常常結伴回家。有時在家中吃到好吃的糖果，我會搖一通電話給她：「你由廚房的窗子吊一個小籃子或者膠袋下來，我有好吃的糖果，想給你試試！」有時我突然發現家中沒有某種文具，會致電求救：「可否吊一枝塗改液給我？」有時換她致電給我：「我有好吃的

東西，你去廚房接收啦！」倚着窗子，看着小籃子緩緩下降，取物後再看着籃子緩緩上升，不禁覺得我們真是聰明，竟然想到這個方便、快捷又有趣的方法！

三十年過去，近年已經鮮有和這位街坊同窗促膝長談了。歲月磨蝕的東西實在太多，然而，我們都知道對方一切安好，已經足夠吧。

我抬頭，
又一次看到樓上單位的「三支香」晾衫竹上，

掛着一件跟我中學一樣的校服裙。

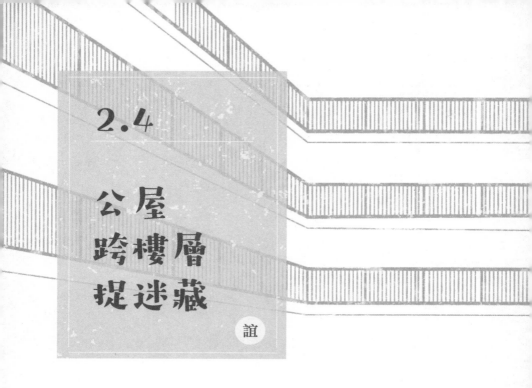

2.4
公屋跨樓層捉迷藏

誼

捉迷藏這個玩意，相信人人都玩過吧？這個尋常的孩童遊戲，加上一點點變奏，就可變成玩法更豐富、更刺激的玩意來。

在公共屋邨，捉迷藏的其中一個玩法是跨越好幾個樓層的「捉」。由於我們居於三樓，通常我和鄰居好友會選擇三四五樓或二三四樓進行這個「特別版」的捉迷藏，有時，我們也會向高層進發，偶爾來個十七、十八、十九樓的版本。

當捉人者被選出（有時會多於一人），遊戲便正式開始。從來，遊戲的勝負都是次要，最教人懷念的定必是過程。幾個十歲左右的孩子在公屋樓層間你追我逐——轉角處的埋伏、梯間的狹路相逢、在長長的走廊一端看到捉人者身影在另一端晃動……腎上腺素急促上升，你身處的不再是現實的居所，而是鑽進了與某個時空接壤的逢隙，到了一個既陌生、又熟悉的境地。在這不到半小時、

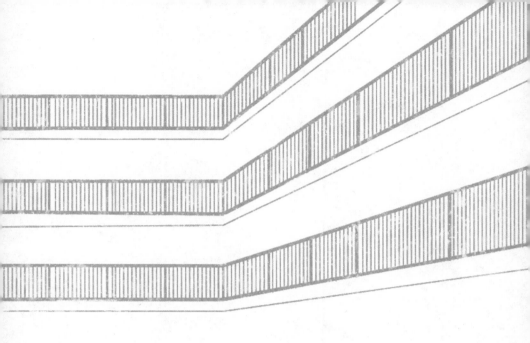

甚或只有十多分鐘的時間裏，現實的瑣事、苦惱全部靠邊站，箇中的樂趣怎不教小孩子樂透？

不過，更叫人牢牢記住的，不是這如幻似真的感覺，而是隔着大門布簾匆匆瞥見的真實風景。

我們一家四口等了八年才獲分發這個公屋單位，因為舊居業主逼遷，我們沒有多餘時間粉飾新居，加上家中經濟並不豐裕，父母只是簡單的鋪鋪膠地板、髹髹牆身、購置了一些必要的家具，便倉促搬家。鄰居呢？大多數的單位都有稍事裝修，例如會為牆身「批蕩」、「間房」等，這已是與我家的不同；在捉迷藏的過程中，往往瞥見其他樓層中裝潢別緻的單位：四樓A家啡色的地毯好有氣派（好有錢呀！）、五樓B家紅色地磚非常奪目（甚有品味！）、七樓C家有一台鋼琴（應該屬於長得安靜又美麗的戶主女兒吧！）、十五樓D

家的間隔很特別，前廳後房（為甚麼我家甚麼房間也沒有？）、十九樓全層好特別，樓底特別高，某單位牆身更髹了灰色的油漆，滿有型格⋯⋯

在捉迷藏的過程中，我發現了自己家與別人家一點點的差異。小時候自知家境雖不致「窮困」，但也絕非豐裕，在一個十歲小孩眼中，本以為一同住在這幢超過一千個單位的公共樓房裏的鄰居都屬草根，然而，原來「草根」也分不同程度！

這個發現對小時候的我而言，倒沒造成甚麼震撼。

小孩子的內心縱有比較，但沒嫉妒。可能父母在「剛剛好」的經濟環境下仍然將最好的留給我和哥哥，我們原來就不知道家中經濟是沒有餘裕的——我的父親仍然在正職以外多兼一職，母親仍然細心照料我們的起居飲食；他們仍然對我和哥哥諄諄教導，亦不忘時刻提醒：要努力讀書、用心學習、聽老師的話。媽媽甚至對我說：「你不用幫忙做家務了，只需用心學業，要努力入大學，找一份好工作，將來的環境會愈來愈好的。」於是，我這條小草根便每天拼命吸嗽着肥沃土壤中的養分，一點一點的成長。

「捉到你了！」

我的思緒從布簾內的風光收攝過來，重新集中精神，躲避那捉人者去⋯⋯

轉角處的埋伏、

梯間的狹路相逢、

在長長的走廊一端看到
捉人者身影在另一端晃動⋯⋯

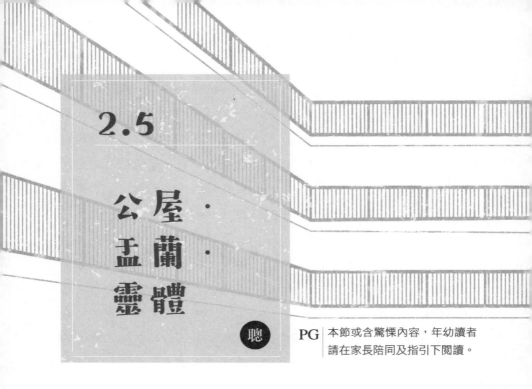

2.5 公屋・盂蘭・靈體

聰

PG 本節或含驚慄內容，年幼讀者請在家長陪同及指引下閱讀。

「小毛，你真的要相信我，我沒騙你。很猛，真的很猛！我常常都感覺到它們存在；有時甚至看到。公屋都很猛，比私人屋苑要猛得多了，我可沒騙你。」偉權一臉恐懼、戰戰兢兢地跟我說。

偉權是我的好友。我住在沙角邨，他住在鄰近的博康邨。我們於唸中五時認識，他是我的同班同學。我們有過一段友情歲月，不過後來因為各自的人生發展，慢慢沒再聯絡。然

而，一旦談起與公共屋邨有關的生活面貌，我總會想起他。以上引述的一段說話，是二十多年前一個晚上，我跟偉權在沙角邨大牌檔吃甜品時，他突然煞有介事地跟我說的。我可沒有想過，好端端的一個晚間糖水聚會，竟然會變成《陰陽路》分享大會；一個多小時間，他無間斷地跟我談論關於靈體的事，有點邪。

偉權好像對靈體比較敏感，他偶然會跟我分享他的親身經

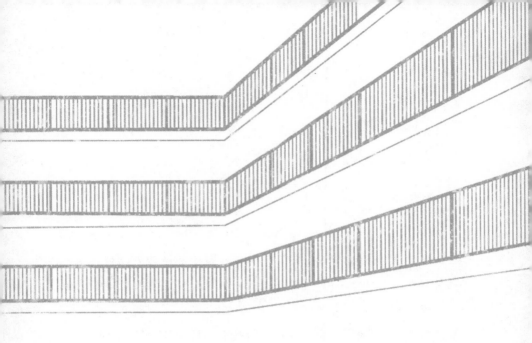

歷，大牌檔甜品店那一次分享大會，並非首次。我年少時也有些「親身經歷」，也發生在公共屋邨內。所以，他跟我分享他的故事，我不太害怕，反正我們是「同路人」。偉權常說，公屋多靈體，「鬼故」特別多。我沒有做過相關研究，不知道這種說法是否成立。

不過，都市傳說、網上流傳，都指香港部分公共屋邨的選址有點奇奇怪怪。人所共知的例子，莫過如位於香港島的華富邨，據說它的所在地，以前是一個亂葬崗。亂葬崗啊！怎麼可能不衍生出大量「鬼故」？除了華富邨，香港不少公共屋邨，都流傳着與靈體出沒相關的奇異傳聞；太多了，在此難以一一列舉。感興趣的讀者，可以在互聯網上輕易找到相關故事。耳濡目染，大家都覺得公共屋邨與鬼域無異。

我在沙田沙角邨居住了二十多年，曾有兩次疑似與靈體有所接觸的經歷。本文動筆

之時，正值 2018 年盂蘭節前後，鬼門關正在大開中門，所以一定要跟大家分享這兩次奇遇，應應節。

198X 年盂蘭節當日——確實年份真的想不起來了，可能是 1983 或 1984 年吧？印象中應該是我們一家遷居沙角邨後一、兩年間的事。那天晚上，我跟三位「公屋走廊兄弟」（關於我跟這三位兄弟之間的故事，詳見〈公屋單位的氣窗〉一文）不聽老人言，完全漠視父母的勸阻，堅持在這個鬼門關大開的晚上，跑到我們家樓下的公園玩耍。父老相傳，陰曆七月應該盡量避免於晚間在街上流連，我們四個初生之犢，竟然對傳統智慧嗤之以鼻，最終當然付上代價。

盡情玩樂兩個多小時後，我們拖着疲累的身軀返家。正當我們四人在各自家門口拿着鑰匙，準備打開鐵閘和木門回家之際，突然間不約而同地感覺到在走廊盡頭的電梯大堂處，好像有一個人影閃過，他好像向着欄杆那邊的方向跑過去。我們四人都定睛看着電梯大堂那邊，空氣一時間凝住了。我居住的單位最接近電梯大堂，我回過神來，立即跑向電梯大堂——我可以肯定，從我看到那個人影、頓了一頓，到我回過神來，前後不足十秒；而我從我家門口跑到電梯大堂，絕對不用三秒，但當我到達電梯大堂的時候，卻是空空如也，甚麼也沒有。我走近欄杆，向街上望，也是甚麼也沒有。於是，我非常肯定，那人或許是跨過欄杆跳了下去——雖然我們住在三樓，但如果那人真的跨越欄杆跳下去，也不至於在剎那間就無影無蹤吧？另一個可能是，他憑空消失了……，

不會吧？

我慢步回到走廊，跟「公屋走廊兄弟」們討論剛剛發生的事──「怎麼啦？那邊沒有人嗎？那人失去蹤影了嗎？」「你們看到甚麼？」「好像有個人從電梯大堂那邊的欄杆處跳下去吧？」「真的是有人嗎？大家都看到嗎？」「他穿着甚麼衣服的呢？」「是不是真的有人跳樓自殺了？我們是否需要報警？」「甚麼？你看到那人穿着水手裝？甚麼？像很殘舊的水手裝嗎？甚麼？你看到他臉上都是腐爛的肉？」兄弟們你一言、我一語，說到「失去蹤影」、「跳下去了」、「殘舊的水手裝」和「腐爛的肉」等關鍵詞，都開始說不出話來；也不記得是誰先跑回家了，大家都立即返家，只希望此事從來沒有發生。翌日，我們四人全體病倒。或許，此事可能有科學一點的解釋，但在我們四兄弟心目中，已有屬於我們的定論了：我們都選擇不相信科學。

十多年後──再次忘記確實年份，但非常可能是1998年，因為事發時我正在瘋狂地撰寫我的碩士論文。那一年的一個冬夜──確是非常寒冷的一晚，我再次疑似遇上靈體。那一晚深夜，我如常徹夜工作，大約到了凌晨三時左右，我感到有點疲倦，便到廚房泡了一杯咖啡，然後站在廚房窗邊，看着窗外的淒冷夜景，讓眼睛好好休息一下。

我居住的公屋單位位於三樓，從我家廚房的大窗口往街上看，可以非常清楚地看到街上的一切。當時我正在四處張望，突然間看到行人路上，好像有一位拾荒者，他正彎着身子，在街上的垃圾桶中不斷找尋東西。從我身處的位置看下去，剛好看到他的背影；由於他正背向着我，又彎下腰去搜尋垃圾桶裏的東西，所以我看得最清楚的，其實只是他的臀部，從我所看到的背影作出判

斷，他應該是一位上了年紀的伯伯。

我一直目不轉睛的看着他，因為我心想，伯伯究竟過着怎樣的生活了？這樣寒冷的一個深夜，凌晨三時，要在街上的垃圾桶找東西。他不是在找東西吃吧？突然心中惻隱心起，就想動身在家中找找，看看有些甚麼可以吃的，趕緊下樓送給伯伯去。

就在此際，那位伯伯突然站直身子，他手上拿着一顆圓圓的東西，而自己的頸上竟然空空如也。

由於距離太近，我百分之一百肯定自己沒有看錯——整件事情似乎已經很清楚了。如果相信這個世界上，真的有可讓人們看到、感受到的靈體；那麼我大概看到了一個沒有頭顱的靈體，它於一個寒冷的深夜時分，在行人路上的垃圾桶內辛苦尋回自己遺失了的頭顱。救命！太恐怖了！我隨手放下那杯咖啡，秒速飛到床上，合上雙眼，強迫自己睡覺。

好不容易到了第二天，那令人驚懼的景象還是歷歷在目。我開始想到，為甚麼要讓我看到那一幕情景？如果那個靈體是有心讓我看到它，它是否別有用意？它想向我傳遞某些訊息嗎？一想及此，不禁毛管直豎。

遷居沙角邨之初，我們已經可以於每年盂蘭節前後，看到不少街坊在屋苑附近進行晚間路祭。他們準備大量金銀衣紙、食物和各式祭品等，供奉未得超渡的亡靈。未幾，媽媽也帶着我和妹妹，參與這種名為「燒街衣」的慈惠活動，以求心安；媽媽還向我們千叮萬囑，整個陰曆七月期間，千萬不要拾起散落在街道上的零錢，因為那些零錢，並不是給活人的。「燒街衣」進行時，我總是呆呆的看着那熊熊火光；心中想着，這樣一燒，真的就能把「貢品」送到亡靈手上嗎？用作供奉亡靈的食物，都是真

正食物，亡靈們又如何享用？實在百思不得其解。

然而，為何要讓我遇上那位疑似跳樓的水手，以及於寒冷深夜在垃圾桶中尋找自己頭顱的伯伯？它們的出現，是要提醒我甚麼嗎？一想及此，就算對盂蘭節的「燒街衣」活動再多不解，我每年還是乖乖跟隨媽媽，積極參與善舉。這個世界上，有很多事情，要做的就是要做，大抵不用追問原因。又或者，求個心安理得，不就是一個理由了嗎？

上圖左：連接沙角邨金鶯樓三樓 B 座與 C 座之間的電梯大堂，我們稱呼它作「虻口」，是我們一眾孩童經常聚集玩樂的地方。我們經常在此踢足球和捉迷藏，甚至舉行歌唱比賽。這裏，也是「水手事件」發生的現場……。

上圖右：位於電梯大堂右方的欄杆。「水手先生」可能就是從這裏跳下去，又或憑空消失……。

下圖：從我家廚房窗口「俯瞰」街上的情景。照片中央的樹木旁邊，本來放置了一個垃圾桶。約二十年前，「拾荒伯伯」就是在那個垃圾桶內尋找「東西」。現在那個垃圾桶也不知去向了……。

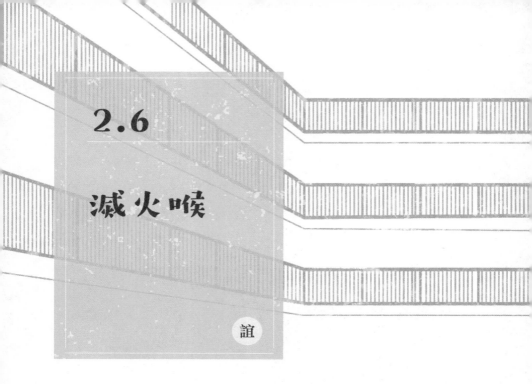

2.6

滅火喉

誼

公屋每個樓層，定必有至少一個滅火喉吧。

小時候住的公屋，滅火喉位於我們喚作「前梯」的位置。打開走廊牆身上的一道黃色鐵門，裏面便是一個紅色的消防喉轆，長長的喉管捲起，使用時只要把喉管拉出來，開動水閥，便可用水滅火。

當然，小孩子關心的不是滅火喉的實際用途，我們感興趣的是，打開鐵門後那小小空間可以用來做些甚麼。曾經打算在玩捉迷藏時藏匿在內，但到付諸實行時就被打住了，因為內裏有很多垃圾——零食包裝、紙巾、爛報紙等，有時更濕漉漉的⋯⋯總之這不是一個藏匿的好地方。然而，一次的經歷，卻讓我們發掘到它的特別作用。

八十年代學童的暑假真的是悠長假期，那時暑假就是暑假，怎會像現在般「充實」。小時候娛樂不多，大熱天到公共圖書館看書、嘆嘆冷氣已是一大消遣。在一個盛暑的下午，我、哥哥和鄰居們又一起跑到沙田中央圖書館，大家在浩瀚的書海中看着讀着，忽然見到了一本關於「靈異照片」的書，內容無非都是攝得鬼魂的照片。

我們一行幾人，圍着書本一起翻閱，心中既害怕又疑惑。本來，看完了書，放回書架上不也行了？但不記得同伴中哪人突然提議：「不如借回家慢慢研究啦！」我們也一致認為需要多點時間詳細分析，細細觀賞，於是我們便把書借了回家。

回到屋邨，踏上樓層，問題來了！誰人負責保管這書？本來由借書者保管當然最順理成章，而保管一本書也絕非麻煩事。但這不是一本普通書，這是一本靈異書籍！很是邪門的！這時候，借書者嘬着嘴來一句：「我已經奉獻了借書證，我不想把它帶回家！阿媽一定不准我入門口！」沒錯，大家在借書時都沒考慮透徹，這時大家你眼望我眼，都不願保管它，又不想將責任推卸給別人，擾攘一番後，有人建議：「不如把書擱在『冷巷』（走廊）吧！」但建議隨即被否決：「放在『冷巷』？被人偷了怎麼辦？遺失書籍要賠錢呀！」最後，不知哪位同伴再提議：「一於藏在減火喉鐵門內吧！無人會無端端開門的！」之後，一眾

小朋友便很放心的將圖書藏好，但在放下心頭大石，準備關門的一刹，突然一把聲音又響起：「喂！你們是否記得上次曾在這裏發現一包香煙？有人不敢把香煙帶回家，也是將違禁品藏在這裏的，所以這也不是安全的地方！」是啊！一言驚醒其他人明白了狀況，那怎麼辦？「立即將書歸還啦！」

於是我們又再匆匆的跑過城門河彼岸的圖書館還書，怎料職員表示即日借的書不可以同一天歸還，我們唯有搬出不同藉口，甚麼之後沒空還呀、阿媽不准我們借呀、我們要離開香港呀之類的，也忘了最後有沒有成功還到書了，但「減火喉」和「沙田中央圖書館」這兩件東西，從此就在我們的記憶裏連繫上了。

幾十年後的今天，屋邨的「減火喉」在我的回憶裏仍然非關減火，而是關聯到那美好純真的童真歲月。當天「靈異照片」中的鬼魂已然遠去，今天，當我們明白了人比鬼更加可怕的事實時，我們已步入中年，朝人生的那一方奔往了。

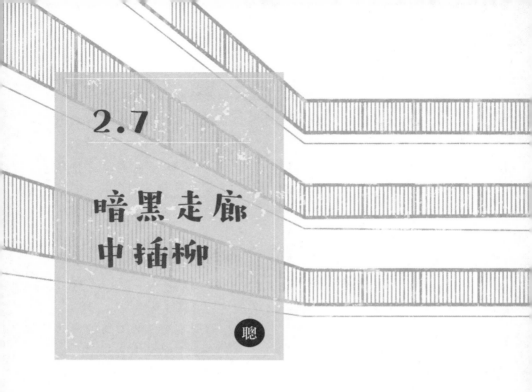

2.7

暗黑走廊中插柳

聰

我常做夢，做同一個夢。

那是一條非常暗黑的走廊。這條走廊大概位於一座歷史悠久的公共屋邨大廈之內，保守估計，樓齡在四十年上下。走廊不是欠缺照明系統，只是或許出於節省能源，或許是日久失修，反正就是日光日白，也是暗黑一片，只有在兩端的出入口透出丁點光芒。走廊兩旁盡是公屋單位，部分重門深鎖，部分卻中門大開，不過單位內仍是漆黑一片，隱約可見老人家在垂頭用膳。這些公屋單位內住着不同品性的居民，他們各有自己的生活習慣與文化。但有一個有趣的共通點，他們都在自己居住的單位鐵閘旁邊，插着垂垂的楊柳枝。一條暗黑的長走廊，兩旁盡是垂柳，好一個散發着詭異氣氛的景象。

中國人在自家門口插柳，習俗由來已久。古時候，中國人認為春天是「氣」動之時──「氣」有清、濁之分；濁氣大動，人類容易生病──而春天正是

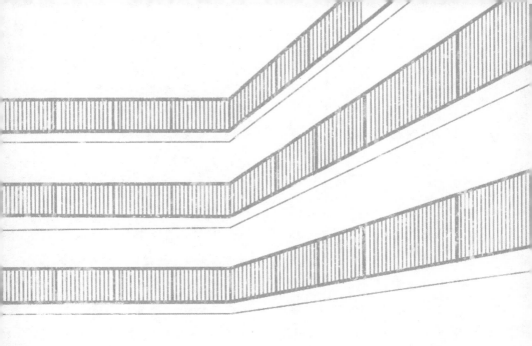

濁氣活躍時節。因此，古人多在春天進行踏青（即郊遊）、拔河，以及打鞦韆等康樂活動，多多運動身體，以存「正氣」。人們更會隨身攜帶散發濃烈香氣的植物，藉以辟除邪濁之氣，保持身體健康。由是，菖蒲、艾草及楊柳等代表「正氣」與「陽氣」的、附帶香氣的植物，成為中國人度過春天時的恩物。至於家家戶戶，為了確保家庭成員身心健康，遠離邪濁之氣，就會於家門外插柳。特別在清明時節前後，門前插柳更是中國人的重要傳統節日習俗之一。流傳下來，華南部分地方居民更加深信，楊柳枝有趕鬼及辟邪效能，是確保闔家出入平安的靈物。於是，在較有歷史的公共屋邨大廈之內，不難遇見走廊滿是垂柳的奇景。

回說那個夢。大抵日有所思，夜有所夢。那兩旁盡是垂柳的公屋大廈走廊，我當然曾經到訪，那是一個我曾經工作的地方。1991 年，我重讀中五，

要再考一次中學會考。為了重讀，我轉到一所新中學就讀。在那裏，我認識了一班同樣重讀中五的新朋友。我們都來自公屋家庭，生活並不富足。唸書之餘，經常談及兼職工作的問題，大家交換一下情報。那一年的暑假，剛好有一位朋友找到一份暑期工——一份「洗樓」工作；恰巧那家公司需要大量人手，於是我的朋友便介紹我們一干人等一起幹活。我無時無刻都在想如何可以幫補家計——好了，我承認，其實我是想儲錢購買心頭好。反正暑假沒事幹，就是終日流連足球場、桌球室和電子遊戲機中心，如今可跟好友們一起賺點外快，況且「洗樓」不用帶着腦袋上班，當然一口答應。

所謂「洗樓」，意指「深入」公共屋邨大廈裏，逐層逐戶派發宣傳單張。這項工作由來已久，是上世紀末最有效的商業資訊傳播途徑之一。不過，自從十多二十年前全港公屋大廈陸續於主要出入口安裝保安大閘開始，這個深受廣大中學生們愛戴的兼職行業，宣告沒落。

那一年盛夏，足有一個月左右，我們一行七人，拿着大堆宣傳單張，前往東九龍某幾個歷史悠久的大型公共屋邨，進行大規模「洗樓」行動。「洗樓」過程雖然不經大腦，但辛苦賺來的每分每毫，真箇充滿汗水。炎炎盛夏，我們背着重重的背包，內裏盡是宣傳單張，少說也有二、三百份。我們每人負責一座大廈，進入大樓以後，乘升降機直達頂層，然後逐層逐戶派發單張；沿着樓梯逐層向下走，雙腳關節也大為勞損。「洗樓」有一定風險，我們試過在樓層間遇上「地區勢力人士」，被盤問於走廊路過的動機，以及我們來自哪裏；也試過被居民追着指罵，質問我們為甚麼把「垃圾」投進他們家中；部分公共屋邨歷史過於悠久，走廊極端黑暗，有時路經部分打開大門的單位時，

會隱約看見單位內透出疑似神壇散發出來的昏暗紅光，還以為自己走在陰陽路上；我還有一個非常深刻的印象，有一條極昏暗的走廊，不記得位於哪一個公共屋邨了，部分單位門外竟然掛着大紅燈籠，伴隨着那些楊柳枝，這詭異畫面真是非筆墨所能形容；那種感覺，就好像在走廊盡頭處，羅蘭姐飾演的龍婆正在等着我，她微笑的向我招手，邊笑邊説：「來吧！大家都在等待你啊！快來一起上路啦。」即使是男孩子，都會感到莫名恐懼，即時極速走過。有時走得太勞累，更想把所有宣傳單張遺棄在垃圾房處；就當作完成派發工作了吧！反正也沒有人知曉。但是崇高的道德操守最終戰勝邪惡念頭，我們還是敬業樂業地完成僱主要求我們做好的工作。這樣賺來的報酬，才可安心使用；幾經艱辛完成派發工作，「洗樓」小隊集合後一起吃的那頓午飯，至為盡興。

那一年暑假，我食慾激增，運動量飆升，體能達到有生以來頂峰；「洗樓」後去踢足球，隊友們都驚嘆我在球場上的表現，尤其是速度上的提升和射球勁度增長，更令大夥兒嘆為觀止。都説日子有功，死功夫換來大躍進，還要賺來不錯的外快，雖然勞累不堪，值得！值得！

對我來説，公屋真是極有意思的地方。一個於公屋單位成長的男孩，跑到別的屋邨從事派發宣傳單張的工作，真是非常有趣的連繫。那一個月時間雖短，卻永垂不朽。

我們都是這樣在屋邨長大的

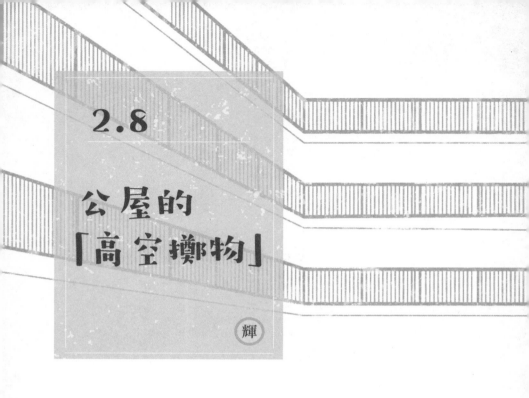

2.8

公屋的
「高空擲物」

輝

高志森執導的賀歲電影《富貴逼人》（1987年），大家還有印象嗎？男主角雷達驃（董驃飾）任職電視台報道員，與驃嫂（沈殿霞飾）及三名女兒帶弟、來弟、招弟居於沙田新翠邨。電影中教我最震撼的一幕，莫過於「高空擲物」一場，甚麼東西也掉下來，最後是一部洗衣機從天而降！這一幕反映了當年公共屋邨其中一個常見的問題。

我小時候居住的藍田邨是舊式公共屋邨，所有住戶都是用俗稱「三支香」的曬衣竹晾曬衣服。這種設計其實十分危險，每位居於公屋的婦女們，每次洗畢衣服後都要化身成大力士，她們要將濕漉漉的衣服套在曬衣竹上，一鼓作氣地將曬衣竹放在窗外三個洞中，讓陽光與清風將衣服弄乾。偶然有婦女手力不足，或太大風，一支掛滿衣服的曬衣竹就會從天而降。因此，民間智慧出現，不少人會在曬衣竹的竹頭套上

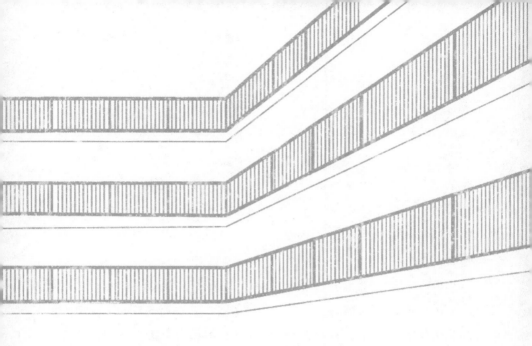

繩索，如此就可避免曬衣竹從天而降。而且，在曬衣竹的竹頭套上繩索後，更可以借力將沉重的曬衣竹放在窗外。

公共屋邨落成，最初沒有預計住戶都會安裝冷氣機。後來隨着社會經濟起飛，每家每戶都會安裝冷氣機。炎熱盛夏的晚上，開着冷氣機去找周公捉棋，實屬人生樂事。但人算不如天算，因為家家都開冷氣機，電壓不勝負荷，結果經常在半夜出現屋邨大停電。每次大停電，人人熱醒，不久就會聽到不滿之聲——是擲玻璃瓶落街之聲。「爆樽」聲此起彼落，幸好大停電多是在深夜發生，街上無人才沒有搞出人命。

除了空中飛竹、擲玻璃瓶，擲水彈應該是最常見的「高空擲物」。因為藍田邨的建築設計十分傳統，每座樓下都是長長的簷篷，所以縱然愛玩的小朋友擲下水彈，都只是在簷篷上濺起少少水花。年輕時，我有一班十分愛玩的朋友，他們

忽發奇想，要做一個超級水彈，更要將那超級水彈從天台擲下，結果他們在一個晚上付諸實行。一行四人用一個大大的膠袋盛滿水，合四人之力靜悄悄地在天台的一角將超級水彈擲下。瞬息間，他們伏在地上，等待超級水彈的爆炸，結果超級水彈不負眾望，在簷篷發出巨響，朋友們亦隨巨響離開天台。數月前跟這班老朋友飯聚，大家提起此事仍津津樂道，真的少年輕狂。

我印象最深的「高空擲物」事件，是在小學時發生。我家住藍田邨十五座，我和不少小學同學都住在同一座，更是同讀對面的聖公會兆強小學。所以我和同學們只要花數分鐘便可以到學校。有一次，我和同學們正打算走進校門，其中一位同學突然大喊：「我忘記帶今天書法堂用的毛筆墨盒啊！快打鐘上課了，怎麼辦？」他隨即走到學校附近的辦館借用電話，之後望向天空，好像在等待甚麼？突然從天而降一個小小膠袋，膠袋跌在地上，他像一支箭般走去拾起，膠袋裏面正是他的毛筆墨盒。他剛才就是打電話找姐姐將毛筆墨盒由家中擲下來，如此他就不用跑回家去拿了，原來高空擲物也有這「好處」。

現在公屋的高空擲物問題比起當年沒那麼嚴重了，可能現在居民的公民意識提高，或者因為科技進步——屋邨天台大多安裝了天眼，住戶們也自律起來。

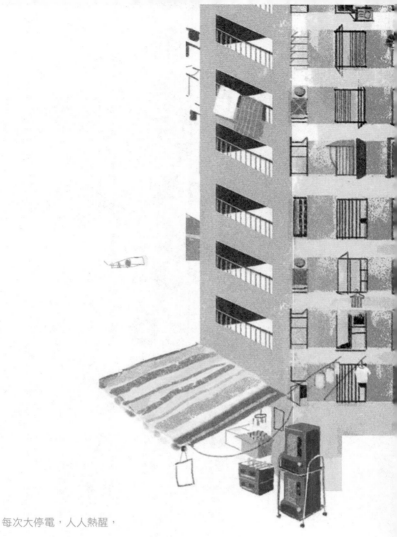

每次大停電，人人熱醒，

不久就會聽到不滿之聲
　　　　　　——是擲玻璃瓶落街之聲。

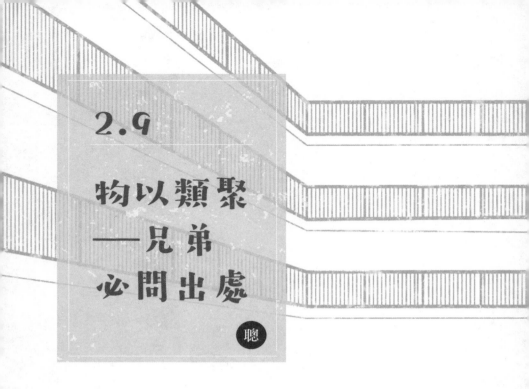

2.9
物以類聚
——兄弟
必問出處

聰

「跟我做兄弟，是一輩子的事來啊。」這是我對「兄弟」這回事的信念。

這或許是從電影中學來的；也可能是從人生真實經歷中得出的結論。好像有點江湖情結啊，我是的，我承認。特別是在公共屋邨長大的我，尤其相信這一套。

人總需要朋友，而我不只需要朋友，更需要兄弟。兄弟一開始也是朋友來啊，一起經歷多了、時日久了、感情深了，甚麼都不再計較了，就會變成兄弟。跟我做兄弟，蠻辛苦的，因為我對兄弟要求很高；而更重要的是，我的性格不大好，很難相處。所以，我衷心感謝我身邊那班從來沒有嫌棄過我，待我始終如一的好兄弟們。

偶然想起一眾兄弟，我會在智能電話中檢視一下我們拍過的照片；赫然發現原來我們已經很久沒有拍過「兄弟齊人」的大合照——我深信我們很齊心，但「齊人」也非常重要！

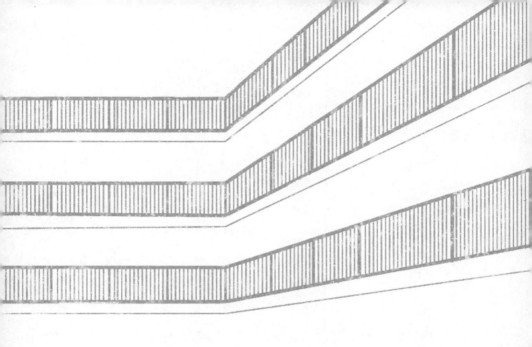

兄弟們請注意一下啦！很多年前開始，我們各散東西，各有各的忙碌，各有自己的夢想和前路，見面次數愈來愈少。但每次聚會時，那識於微時、共歷禍福的感覺與情感總沒改變。大家還記得嗎？是 1990 年代末的事吧？有一、兩年，我們每個星期五晚，都會在大圍某家酒吧聚會暢飲。那時我們陣中有若干位兄弟生活過得很風光呢！每個星期五晚都在酒吧裏爭着結賬，酒吧的職員看見我

們都哭笑不得！那時我正在攻讀研究院，大家都説我還是學生，每次我都不用付費。那時真快樂啊！哈哈哈哈……。後來，來了個「金融甚麼」的，大家的生活都改變了。我們不再光顧酒吧——那家酒吧後來再經歷 2003 年的大浩劫，最後也撑不下去。我們開始遠離沉醉酒吧的生活，轉到比較健康的沙角邨大牌檔甜品店聚會；仍然是每個星期一次的兄弟集會，繼續我們的慣性瘋狂——

哪有顧客像我們這樣吃甜品？一個晚上暢聚，每人吃下三至四種糖水或甜品；七八位兄弟，在大牌檔甜品店光顧一趟，結賬盛惠五六百元，甜品店東主都甜笑了。我們就是這樣，三十多年了吧？從公園到酒吧，再從酒吧到甜品店，到現在我們都只希望把兄弟聚會的地點鎖定在某某兄弟的家中。我們的人生總是緊密地連結在一起，經歷很多起起伏伏，到最後大夥兒甘心反璞歸真；我們之間的感情，還是沒變。說得有點肉麻，但請原諒這是最率真的感受。

若論個性，我們一干人等，可謂南轅北轍。有人沉默寡言、性格近乎陰沉；有人口若懸河，說話時滔滔不絕，不知會否令人生厭？有人喜歡文科；有人鍾情商科；也有人熱愛理、工科目。但我們都有共同興趣：年青時大夥兒熱愛足球、桌球、動漫與電玩；長大了喜歡聚在一起享受紅酒和美食，聊聊人生，也算物以類聚。

我跟兄弟們之間的最深刻記憶，大抵都與足球有關。不知為何，公共屋邨附近，總有很多足球場。我們這一群人，都居住在沙田區內的公共屋邨。我們來自幾條公共屋邨——沙角邨、博康邨、乙明邨、新田圍邨和新翠邨，唸同一所中學；而且一樣的不學無術。唸初中時，我們最關注的當然不是課本與知識，最令我們着迷的，是足球。

放學後，不用明言、不用相約，足球場見。不少沙田區的足球場，都有我們留下的足跡。那時候的公共足球場，可不像現在那麼文明。廿多三十年前的公共足球場，不流行預約制度——特別是位於公共屋邨範圍之內，就算你手持甚麼「場紙」之類的官方確認預約文件，正在享用球場的有勢力人士們依然可以完全視而不見；你也沒甚麼可以做啊。那個年代，幾十名熱血少男聚在一起

見證我們兄弟之間堅定義氣的畫面，
有不少都發生在公共屋邨的足球場內。

輪流比賽，民間智慧孕育出「跟隊」此一偉大發明——對賽雙方以一分定勝負，落敗一方全隊離場，由另一隊入替。看似非常文明有秩序，實則不盡然。這個世界，總有些人擁有特權與勢力，他們漠視制度；即令敗下陣來，他們不願離開球場，大家也拿他們沒法。尤有甚者，你也可以漠視他們，照樣兩隊作賽，但他們仍然不會離場，於是，令人既憤怒而又哭笑不得的場面出現：三支球隊加兩個足球在細小的足球場內大混戰。有時若干正義人士出言責問，換來一句「這個球場就是我們的！不走又如何？」聽到也覺得心寒。正義人士不願退縮的話，剎那間雙方劍拔弩張，足球場往往淪為殺戮戰場，殺聲震天。這些情景，那些年我們兄弟不知經歷多少。見證我們兄弟之間堅定義氣的畫面，有不少都發生在公共屋邨的足

球場內；大家的深厚感情，也是這樣一點一滴累積起來。

然而，再鋒利的寶刀都有鏽蝕的一日，更何況，我們根本不是甚麼寶刀呢。兄弟們年紀漸長，從每天都踢足球；到一星期踢一至兩次；再到兩個月踢一次；然後每季踢一次；最後……。有些兄弟因為嚴重傷患緣故，甚至已經不能再踢足球。不過，歲月可不能阻礙我們！不能下場踢球，我們也能聚在一起！一起玩電玩！玩足球遊戲！我們還能一起觀看足球比賽，邊享受紅酒邊看！還可以一起暢談足球經──「看！我有沒有看錯？這球怎會如此處理？你說啦！大家說啦！如果是你們，這球應當怎樣射門？當然是射向遠柱啦！怎會射向近柱？守門員都已經完全封死近柱位，怎可能進球？真不明白？」「呀！我記得我們當年在曾大屋球場，好像跟哪所中學的校隊比賽吧！我忘了是哪一隊了！大家記得嗎？

那場比賽中有一球，不就像這球嗎？真的很像呀！不是嗎？」「我記得！當然記得！我永遠也不會忘記那場比賽！大雨中水戰啊！最後我們險勝3比2呀！真精彩的一役，永遠不忘。」然後兄弟們不約而同地舉起酒杯──說到激動處，在酒意驅使下，有些人想起當年，雙眼也微紅了。此時此景，甚麼都不用說，先把杯中物乾了再說。大夥兒七嘴八舌，熱烈地討論着一場現實足球比賽中的一個畫面，連結着接近三十年前的時空和片段。一時之間，熱血與友情濃烈地瀰漫着。那種感覺，真好。

基於共同興趣與深厚感情，這麼多年來，我們一眾兄弟一直同行。成長為我們帶來的歷煉可不少：事業發展、感情問題，甚或理想幻滅，多年來一直困擾我們；近幾年，我們甚至面對嚴重的身心危機──重病和情緒問題找上門來，部分成員親身對抗；兄弟們齊心支

持。我偶然想，再過若干年，我們要面對的，將會是甚麼？大抵我們或許要被迫接受有兄弟永遠離開我們的事實。到了那個時候，我們更需要來自彼此間的堅實支持，來渡過難關；就像我們一直以來所做的一樣。

回首三十餘載，何以我們一顆兄弟能夠一直相知相交、相互扶持？我們總是透徹了解大家，很多事情都不用明言，默契渾然天成。何故？大抵因為我們都是「屋邨仔」吧？或許只有非常相近的成長環境，才能讓性格迥異的一群男孩自然地走在一起，成為感情深厚的兄弟。成長於公共屋邨之中，或許沒有非常富足的物質，然而我們能夠從那小小的公屋單位所得到的，又何止一個安穩的家而已？

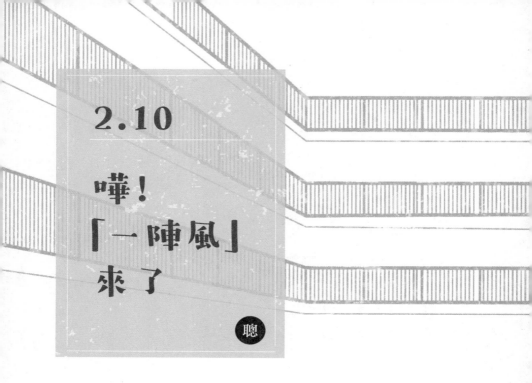

2.10

嘩！
「一陣風」
來了

聰

盛夏，酷熱。

我家中門大開，我坐在地上，面向家門口。住在我家對面單位的鄰居也打開大門，相信也是熱得不可開交。住在公屋就是這樣好，鄰里關係密切，大家緊密合作，炎夏日子一起打開大門，在空氣對流之下，兩家單位至少涼快一丁點。我們可是住在三樓的！關門的話，根本完全沒風進屋。

突然，我看到一件物事在我家門口高速「閃過」。它速度太快了，我只可以隱約看到它好像是一輛自行車——我們通常稱呼為「單車」。我頓了一下，猛然驚醒過來，轉過頭去跟正在廚房內忙碌處理家務的媽媽大叫了一聲：「『一陣風』啊！肯定是『一陣風』呀！」一句話還未說完，我已經立即朝門口方向飛奔過去。

我站在門口，集中精神注視着走廊盡頭。這時，我的鄰居好友們都陸續從家門出來了，大家站在自家大門前，不約而

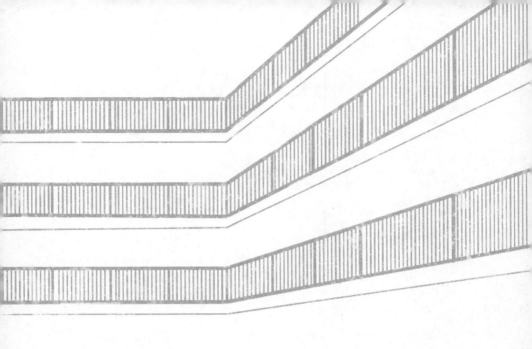

同地凝視着同一個方向。未幾，住在隔鄰的偉傑問道：「是不是啊？是不是『一陣風』啊？」住在我家斜對面的大偉朗聲答道：「一定是！還有誰會這麼快！」一時走廊之內，議論聲音此起彼落。

片刻之間，我看到一輛單車朝我方向駛來，速度極高！還沒有來得及看個清楚，它已在我身邊高速經過，絕塵而去。偉傑的歡呼聲驚醒了我：「嘩嘩嘩！你們看到了嗎？它快得

連整部單車是怎麼樣子的也看不清楚！『一陣風』就是帥！超帥呀！」偉傑説完便轉身返回家中，大家也帶着滿足的心情陸續返家，是次觀看「明星」的活動宣告圓滿結束。

「一陣風」當然不是真的一陣風，也不是一輛單車，他是一位深受青少年鄰居們敬仰、近乎有點被神化的「街車單車手」。1980 年代中期，香港曾經非常流行「街車」，尤其在各大公共屋邨範圍內，經

常可以在夜間看見「街車隊」聚眾在公共屋邨內穿梭。所謂「街車」，有說其原型為1970年代末於北美洲大行其道的電單車（機車），名叫「曲架」（Chopper）。這類電單車的零件多在台灣生產，後來引進香港，深受電單車迷歡迎，成為一時風尚。

喜歡單車的朋友們也紛紛仿傚「曲架」所展現的獨特美學，嘗試參考其外觀，裝飾自己的單車。這類單車往往被設計成重心較低，「單車手」在騎乘時要把身體盡量捲縮貼近車架、彎腰幅度極大。在旁人看來，就像與整部單車「融為一體」似的，感覺上與電單車手騎車時非常形似。單車在外觀上恍如一粒子彈般，因此時人習慣稱呼這類單車為「子彈仔」。部分經濟能力較佳的「子彈仔車主」，還會斥資在單車的後輪兩旁加上兩個偌大的揚聲器（喇叭）；雖然這兩件龐然大物會大大影響「子彈仔」

在速度上的表現，但試想像他們在公共屋邨範圍內慢駛穿梭之際，廣播着 Leslie 的 *Monica*、*Stand Up*、《無心睡眠》及《側面》等節拍強勁的舞曲——固然對於一些屋邨街坊來說，真的有點滋擾，但我們年輕一代看在眼裏，這才是 Chill 啊！

現在回想起來，那「街車」盛行於公共屋邨內的畫面，實屬非常珍貴的集體回憶與生活文化面貌，令人懷念！

「子彈仔」的精髓在於，它能高度展現「車主」獨特的審美觀。「車主」騎車出遊時，總是希望屬於同一隊「街車隊」內的同儕們衷心欣賞自己的精心設計——這是金錢也不能購買得到的滿足感。

部分「車主」為了讓自己的「座駕」在世界上獨一無二，往往不滿足於改裝單車部分零件的成果；他們努力學習組裝單車的相關知識與技能，嘗試購買所有單車零件，自行組裝屬於自己的單車。這樣一來，

就能確保自己的「座駕」真正獨一無二。這種想法，促成 1980 年代中期非常盛行的「砌車」風氣。所謂「砌車」，就是指單車車主自己一手一腳完成整架單車的組裝工序。

「砌車」可不簡單，它需要非常專業的知識、技術與經驗，還要有強大資本作為後援。「一陣風」就是非常專業的「砌車」高手。我居住的公屋樓層共有 60 個單位，分成 A、B、C 三座，每座有 20 個單位；三座大樓連接，由一條長走廊貫穿，共享兩個面積偌大的升降機大堂。我家位於 C 座，相信「一陣風」應該跟我住在同一樓層，不是 B 座就是 A 座，因為他經常駕着那異常帥氣的「子彈仔」，在三座大樓間高速穿梭，連接着 60 個公屋單位的長走廊

成為他「專享」的單車賽道；而那兩個面積偌大的升降機大堂，就是他慣常進行「砌車」及維修座駕的「工場」。公屋大樓的升降機大堂是非常重要的「公共空間」——居民們聊天、乘涼、晾乾衣服，以至各類聯誼活動如打麻雀、踢足球、談戀愛等等，都在那處進行。有公屋居住與生活經驗的朋友們，絕對清楚一個面積偌大的升降機大堂的重要性。

「一陣風」頗神秘的，他不太喜歡跟別人説話。崇拜他的一眾年輕人鄰居們，也沒有人知道他姓甚名誰，亦不清楚他的真實年齡。不過從他的身高與外型推斷，他至少比我要大上三四年。他偶爾會在升降機大堂「砌車」——聽一些鄰居説，有些人願意付錢請他幫

忙「砌車」，相信是因為他技術高超之故。他「砌車」時非常專心，一言不發，總是散發着高手的壓場感。我們經常會圍觀他「砌車」，他也不介意大家觀看，不過如果你有不明白的地方，向他請教，他例必不作回應。

「砌車」時間以外，由於始終是鄰居的緣故，出入屋邨範圍時偶然會遇上「一陣風」，但我從來沒有看過他穿校服的模樣，估計他大概已沒有唸書。絕大多數時候遇到他，他都是騎着座駕在屋邨內穿梭；偶爾我會鼓起勇氣跟他打招呼，他從來沒有回應。大部分人都說他目中無人──他大名鼎鼎，我們很多年輕人的父母們都大概知道「一陣風」是誰，並且覺得他只知沉迷單車，不學無術，不足為好榜樣，但我跟C座的鄰居友人們都一致認為他很帥。

我跟家人搬進位於沙田沙角邨的公屋單位，是 1982 年初的事，沒多久就經常目擊「一陣風」在走廊間穿梭。雖然我跟他談不上是朋友，可能連鄰居也不是──他住在哪一座、哪一個單位我都不知道，但由於自身對單車的喜愛，對「一陣風」此一「公屋單車界神人」，總是感覺無比親近，甚至非常敬重。可是，踏入 1990 年代初以後，就愈來愈少遇上他了；後來聽其他鄰居說，他已經舉家遷離沙角邨。

我曾經非常渴望擁有一部屬於自己、能展現個人「美學觀念」的「子彈仔」：幻想駕着它在屋邨內慢駛穿梭，肆意炫耀，享受居住在同一屋邨內其他年輕人的艷美眼光。甚或有一天，我有可能成為另一位「一陣風」呢！但現實殘酷，「砌車」所必須具備的資本，我根本拿不出，夢想始終未能實現。後來家庭經濟環境有所改善，我終於可以擁有一部比較「像樣」的單車──不過那時「子彈仔」已經幾近絕跡，

「公路單車」（Road Bike）開始慢慢盛行。在父母的鼎力經濟支持下，我購入一部非常「入門版」的 Road Bike。Road Bike 與「子彈仔」當然大有不同，我騎着那部外形上比「子彈仔」要「高大得多」的 Road Bike，離開沙角邨，駛上沿着沙田海及吐露港向北延綿的單車徑，嘗試跨區踏單車去了。自那時起，世界在一下子間，好像廣闊了不少。

嘩嘩嘩！你們看到了嗎？
它快得連整部單車是怎麼樣子的也看不清楚！

「一陣風」就是帥！
超帥呀！

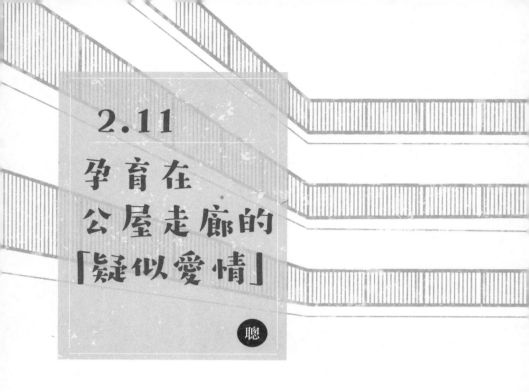

2.11
孕育在公屋走廊的「疑似愛情」

聰

「啊！不是吧？真的嗎？你要結婚了？你竟然會結婚？」男孩拿着女孩給他的婚宴請帖，在旺角鬧市中大叫起來。這突如其來的「事實」，看來對他太刺激了。

「喂喂喂！冷靜！冷靜！這裡可是旺角來啊！看啊！周圍的人都盯着我們了。我要結婚了，可有甚麼奇怪呢？你接受不了嗎？哈哈哈哈……；是興奮了？感到奇怪了？還是傷心了呀？哈哈哈哈……。婚宴當晚要早點來啊，記着！請帖是『闔府統請』的啊，記得要跟爸爸、媽媽和妹妹一起來啊，我也很久沒見過他們了。」

男孩拿着喜帖，在回家的路上，邊走邊想。那是一種怎麼樣的感覺呢？是為女孩找到真愛而感覺幸福了嗎？好像不是。是覺得有點心酸了嗎？又好像不是。是覺得若有所失——好像是值得高興的事，又好像同時感覺到有點東西將要失去了吧？好像是這種感覺了，應

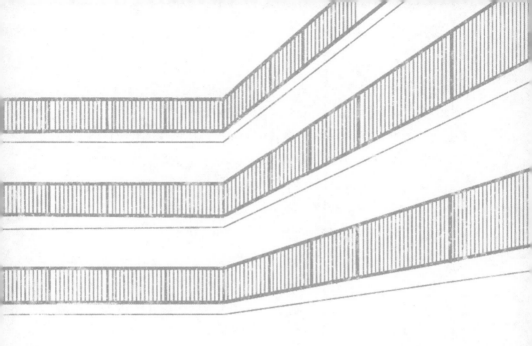

該是了。然後，一連串零碎回憶到訪。

　　很多年前，男孩隨同家人遷居到公共屋邨居住。不久，女孩一家也遷來。兩個家庭居住的單位位於同一條走廊之內；而且非常接近──「斜對面」啊！夏天時，大家都打開大門納涼，男孩坐在自己家門口地上，可以偶然透過鐵閘的寬大菱形縫隙，看到女孩的情影。

　　「喂！你在看甚麼？看！看！看！誰准許你看？」偶然女孩會發現男孩總是在偷望自己，自然發出怒吼，然後轉身遠離鐵閘旁邊，身影消失在男孩視線之內。但一息間過後，她又會突然出現，看看男孩還有沒有老在找尋自己，接着朗聲道：「咦？怎麼了？今天沒有外出嗎？這可不像你啊！你不是總不喜歡待在家的嗎？」男孩聽到「呼喚」，會立即飛奔到自家鐵閘旁邊，回答問話。兩人就這樣站在自己家的鐵閘旁，隔着一條暗黑的走廊，各

自把自己的臉龐盡量貼近鐵閘的菱形縫隙，試圖在看得清楚對方樣子的情況下交談，有時一談就是一個小時。不累的嗎？應該很累啊！而且，解決的方法簡單得很，打開鐵閘、大家走出家門，不是談得更加方便了嗎？為甚麼總要這樣辛苦大家？不知道呢，或許這就是一種所謂「愛情」萌芽時的獨有情趣。

真是「愛情」來嗎？男孩也很疑惑。因為，似乎找不到很多證據。印象最深刻的一幕，發生在不知何年何月何日。記憶中只有印象非常深刻的畫面，但畫作上卻沒有註明完成日期——縱然這一剎那或許是男孩人生中其中一個永遠不會忘記的時刻，而且總是無緣無故地在腦海中浮現，但無論如何，卻怎樣也想不起事發日期。

那是一個怎樣的畫面？男孩與女孩在一起，大家站得遠遠的，身體與身體之間至少有一尺多的距離，大家牽着手——

不是十指緊扣那一種！只是兩人的手指尾輕輕勾着。他們站在走廊盡頭的欄杆旁邊，一起看着遠景。有夕陽、有微風；大家偶爾對望一下，微笑一下，大概會感覺到有點幸福，但如此站了接近四十五分鐘，兩人一句話也沒有說過。男孩心想：「我們究竟有沒有喜歡過對方呢？我們之間是否真的存在過『愛情』呢？如果有，為甚麼沒有更多的證據？如果沒有，那麼這個經常出現在我腦海之中、這麼多年來都揮之不去的『經典畫面』，又算是甚麼？」男孩凝望着手中的喜帖，思緒亂竄，時空正在交錯。

後來發生的事情是，歷時四十五分鐘左右的手指尾輕扣成為絕響，變成男孩與女孩之間「疑似」發生過「愛情」的唯一有力證據。接着，兩人無聲無息地慢慢疏離。後來，男孩偶爾會遇上女孩，她帶着男朋友回家——「呀！回家了嗎？這位是你的男朋友？你好啊！

怎樣稱呼呀？」男孩調侃着——雖然，他自己心知，在為女孩找到幸福而感到高興的同時，那若有所失的心酸感覺正輕輕地折磨着他。那種微痛，當然不太劇烈，卻餘韻留長。男孩自己更是精采，身邊女朋友的更新頻率有如走馬看花，最致命的是，每次帶着新女友回家，都總會遇上女孩。女孩每一次都會笑而不語，她只會微微點頭，打個招呼，然後在男孩身邊迅速擦肩而過。

再不久，男孩就收到女孩將要結婚的喜訊。男女雙方，大抵對對方的印象早就非常模糊。早在大家開始各有「真正」的愛情對象起，雙方似乎不再熟稔。年紀小時，大家居住在非常鄰近的、位於同一條走廊的兩個公屋單位之內；那時候大家的世界很細小，本尊不在學校，就是待在家中。走廊是大家進行娛樂的最主要空間，鄰居中年紀接近的小朋友，就是最好的朋友——甚至是發生

「疑似愛情」的理想對象。那時，走廊就是同時屬於男孩和女孩的整個世界。成長，讓大家的世界變得無限大，大家都努力衝出走廊去了。慢慢地，大家都有所改變，男孩與女孩各自擁有自己想要追逐的理想，思想上也變得有點南轅北轍。不過，各自有自己的出路，總算是個好結局吧？

想着想着，男孩好像明白了很多事情，又同時好像甚麼都弄不清楚。然而，至少有一點非常明確，他對女孩的特殊情感，還有那經常在腦海中一閃而過的經典畫面，就算不是他跟女孩存在過的、真正愛情的證據，也肯定是他多年來在公屋居住的珍貴回憶之一。有這回憶作為憑據，很多事情，大抵都變得不再遺憾。

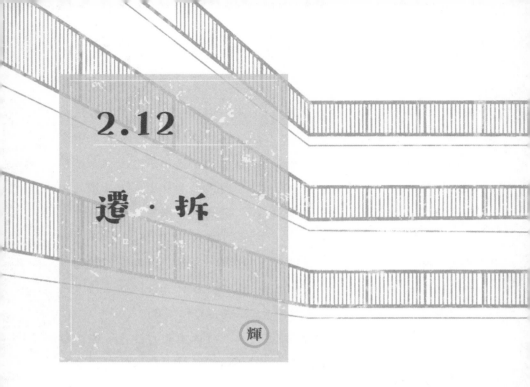

2.12

遷・拆

輝

　童年時，媽媽管教甚嚴，多數時間都只可以留在家中，沒有太多機會四周去溜溜。加上我的哥哥、弟弟都是讀上午班，唯獨是我一個讀下午班，所以每日的早上沒有特別活動可以做，我最常做的活動就是看早上重播的黑白粵語長片，以及呆呆望着窗外的啟德機場，看着飛機重複升降，生活不斷地重複，生命好像沒有太大的改變。世事無窮，勞生有限，真的沒有改變？

　家住藍田的好處是，無論日與夜都可以看見飛機在市區中低飛，準備升降，也經常會看到險象環生的情況。從沒有想過機場會有搬遷的一日，後來政府宣布新機場計劃，仍無法想像一個這麼巨大、這麼繁忙的機場，怎樣可以一夜之間搬到大嶼山赤鱲角。歷史的一刻就是 1998 年 7 月 5 日晚上，最後一班在啟德機場降落的航班，以及最後一班由啟德機場前往倫敦希斯路機場的國泰航空定期航班起飛後，啟德機場關掉所有指示燈，在黑漆漆的夜空下結束 73 年的歷史任務。平日極熱鬧、極繁忙的啟德機場，搬遷後變得冷冷清清。在長長的人生路上，人總會面對

各種離離合合，有的傷悲，有的歡喜。悲歡離合總無情，一任階前、點滴到天明。

其實時代巨輪不斷向前轉動，世界亦不斷改變，渺小的人們只可以跟隨社會變化。人事有代謝，往來成古今，我由孩童變成中年漢，舊藍田邨重建成新藍田邨，甚至機場由九龍城啟德搬到大嶼山赤鱲角。

年輕時住在藍田邨，沒有想過搬走，因為藍田邨是自己讀書及成長的地方，所有朋友、同學差不多都住在這裏。甚至小學同班同學有六個之多住在同一座，所以升上中學後都很容易在街上重遇小學同學。世事常變，是真的。政府於1983到1984年間為全港所有樓齡超過五年的公屋進行全面勘查，發覺有不少大廈的石屎強度未達標準，當中的26座大廈更有即時倒塌危險，藍田邨的第12座、13座和17座於1985年納入「26座問題公屋」名單當中。第17座率先於1988年拆卸，而其餘22座（包括第12座、13座）於1990年至2001年左右陸續清拆重建，整個拆卸工程稱為「藍田邨重建計劃」。我、舊街坊及老同學們都要面對重建，準備搬到新居，心裏充滿期望卻也有一絲擔心。

1991年12月，房委會正式公佈藍田邨重建規劃大綱，十幾年的舊街坊、老同學和我一家都要準備搬屋了。因為藍田邨建於六十年代，很多設備都追不上時代，環境欠理想。例如到八十年代家家戶戶都安裝了冷氣，夏天的晚上時常出現電力供應超過負荷，電錶房「跳掣」，全幢大廈停電，這時就會聽到不少人咆哮大罵。又例如在夏天深夜時分，「小強」就會出動。記得在某個晚上，我已熟睡，感到有些帶棘的東西在身上爬行，順手一抓，竟然是一隻「小強」。我在不驚不慌下，捉住「小強」，之後將其送到地獄。所以大家可以搬到新屋邨，改善居住環境，心裏自然有一份莫名的喜悅。可是多年的舊街坊、老同學就要被迫分開，重新建立新的鄰里關係，心裏難免戚戚然。海內存知己，天涯若比鄰，準備搬屋的心情總是又驚又喜。

第三章

記那些平常日子

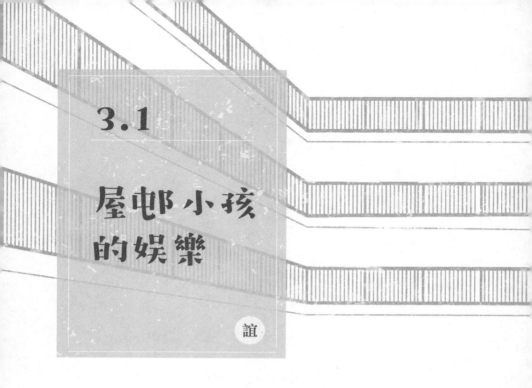

3.1

屋邨小孩
的娛樂

誼

成長於八十年代的屋邨小孩，生活簡樸，空餘時的消閒活動，當然也一樣簡樸。

初遷到沙角邨的新居，那時新居樓下的公園還未建好，我和哥哥沒有甚麼娛樂，通常只在家中看電視，或者將新雪櫃的包裝紙箱裝成露營帳幕，嬉鬧一番。後來，開始認識了幾個鄰居小孩，便結伴到樓下的涼亭坐坐，玩玩「猜皇帝」，又或者在那仍未栽種任何植物的花糟拾貝殼——千真萬確，

花糟的沙泥裏真的藏有不少貝殼，有些甚至是外殼亮滑的貝殼，這些美麗的東西曾經是我的珍藏呢！

忘了過了多久，我家樓下的小小遊樂場終於建好了。

週末或長假期，我和哥哥會相約鄰居到這小小遊樂場玩耍，印象中它有幾個鞦韆、一個滑梯、一個攀爬架、一個附吊環的木架和兩個新型蹺蹺板。在那個年代，這些都算是很新型的兒童玩樂設施了。在眾多

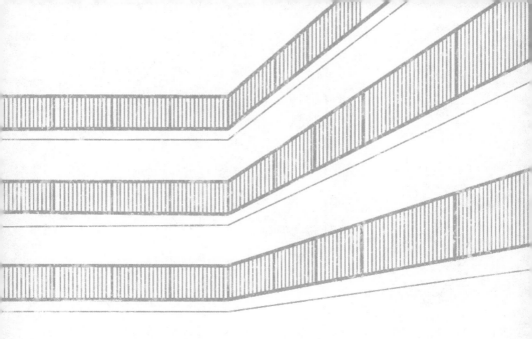

玩意中，我最喜歡那個大型攀爬架，自小身手敏捷的我，往往可以毋須雙手的協助，靠着身體的平衡，只用雙腳由低往高爬，再由高向下走，對比起我那個有點畏高的哥哥，父母在旁對我略帶驚險的「表演」也見怪不怪！

除了這個小小的遊樂場，我居住的屋邨還有一個面積更大、設施更有趣的遊樂場。這遊樂場竟然有一個城堡加小型迷宮！走上城堡就有一條長長彎彎的滑梯，隨滑梯下滑，你便會被送到一個色彩繽紛的小型迷宮。那年代的小孩子容易滿足，可以到這遊樂場玩，已經教我們樂上一整天了。那邊廂，竟然又有一個滾軸溜冰場！雖然我不懂這玩意，但看着那些哥哥姐姐在那裏如風奔馳，也是一件樂事。這個地方，對我們這些屋邨小孩來說，恍若有一股魔力！後來，這個迷宮更成了某兒童節目的拍攝場景，小時候的我，也為自己屋邨擁

有這些厲害的玩樂設施而自豪！

　　遊樂場之外，我們也常在邨內的羽毛球場打羽毛球。這些球場毋須預約，你想玩的話可在場邊排隊，甚或向同邨但不相識的小朋友問句：「一齊玩好嗎？」便可以加入。一個閒適的下午在球來球往中又悠然度過了。不喜歡羽毛球？可以打籃球。記得小時候我不太喜歡打籃球，不知何故有次竟與友人跑到鄰邨的籃球場，更射起籃來，突然，傾盤大雨暴

至，友人拉着我避雨，我卻不知甚麼原因不肯走，堅持要多進三球，最後當然成了「落湯雞」。那次之後，除了在學校上體育課被逼進行籃球賽外，我再也沒有踏足過籃球場了。

　　較諸球類活動，我更喜歡游泳。暑假期間，我和哥哥常與鄰居小孩結伴到城門河對岸的賽馬會泳池游泳。我們往往先在場館外的免費圓形小池玩水，之後再付費入場。游至極倦，便飢腸轆轆的走到泳池小餐廳點一個熱狗或者薯條，但

更多時候是在冰櫃裏拿起一支「巨星」雪條，付錢後就邊行邊吃，先吃最外彩虹朱古力條那一層，然後是雲呢拿雪糕的一層，最後是西瓜味的最內層。沒錯，這是我最喜歡的吃法。

小時候零用錢不多，一條巨星雪條還是吃得起的，但如果吃的是一頓豐盛的牛腩麵餐，肯定只能偶一為之了。記得有一次，不知哪來的興致和財力，我與三位鄰居好姊妹相約到商場的麵家吃牛腩麵。我們每人點一碗麵，再加一支可樂。我一直都很喜歡吃這麵，但平時都是由父母帶我來，這次卻只

有我們四個小妹妹。我們吃着麵，濃濃的腩汁味道充斥鼻腔與味蕾，呷一口可樂，再閒聊一下學校事、家庭事、小妹妹心事，那一刻，驀然驚覺，我們好像和昨天的自己隱隱有些不同，但實際上有些甚麼不同，卻又未能確切地說出所以然來。

那個年代，屋邨小孩的玩樂，不外乎就是玩得簡單、吃得簡單。因為快樂，從來都是很簡單。

位處沙角邨雲雀樓附近的公園，圖為筆者
（右）跟誼妹合照。

從高高的滑梯滑下，十分刺激。

樓下公園的攀爬架以圓木砌成，忽高忽低，很是好玩。
圖為筆者跟哥哥合照。

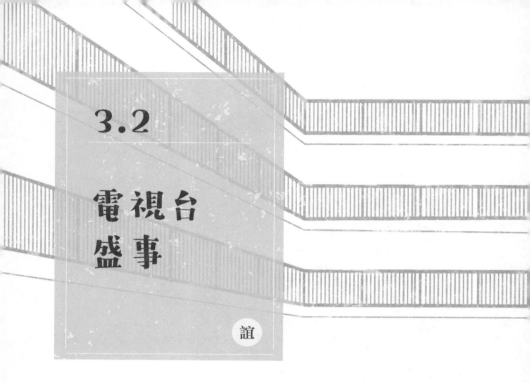

3.2

電視台盛事

誼

八十年代，小朋友沒有甚麼娛樂，看電視就是平淡生活中的一大盛事。

住公屋，看電視這盛事更形發酵。其中不可不提的，一定是「十大勁歌金曲總選」。

我家一家四口都是張國榮忠實粉絲（老父應該在媽媽、哥哥和我的巨大粉絲力量下被捲進漩渦），總選當日，我們先會重溫一下他當年的金曲，準備晚上與偶像一同合唱，為他打氣加油。

總選開始，終於到偶像出場了！

「金曲金獎是張國榮的〈無心睡眠〉！」家中歡呼聲爆發，然後我和哥哥便會衝到鐵閘前，搖着鐵閘，興奮狂呼。同一時間，斜對面的林家大小姐、隔壁的徐家小妹妹、隔壁再斜對面的陳家小姐，都會走到他們家的鐵閘前搖鐵閘。在晃動的鐵閘簾子中，隱約瞥見各家小孩的默契。是的，我們都喜歡張國榮。

另一件電視台盛事就是《歡樂滿東華》。小時候的我當然

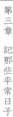

知道這是一個大型籌款活動，但節目的內容千奇百怪，我承認，我往往抱着獵奇心態觀賞。吳剛師傅的食炭（好驚嚇）、肥姐的踩雞蛋（匪夷所思）、汪阿姐的御用節目（用紙幣摺出各種東西）、新馬師曾的〈萬惡淫為首〉（大老倌即是大老倌）……對小時候的我而言很是陌生，也很吸引。

最吸引、最有趣的，還是同一晚上，大廈互助委員會的成員會上門逐家拍門，進行募捐。一聽到木門外走廊上人聲鼎沸，我們便會預備捐款，不待人家拍門便會自動開門，把捐款投進捐款箱中，絕對是「多多益善，小小無拘」。這個活動恍如一種儀式，一個習俗，年年進行。當我以為它會不斷延續，卻不知不覺的不見了、消失了。這令年少的我糾結了好一陣子。

除了上述的「盛事」，在電視劇大結局的晚上，各家各戶都會安坐家中準備收看。我們還會邊看邊討論，那年代沒有討論區、Facebook，但我們會隔着鐵閘，大發偉論。記得

1983 年，仍是初小的我追看一齣叫《老洞》的電視劇，這是一齣有關靈異題材的劇集（不用奇怪，幾十年前的電視劇沒有 PG，父母對子女看電視的寬容程度難以想像），大結局當晚，第一節完結，各家小孩便又走到鐵閘前，先來一個第一節的小結，再估計一下下一節的劇情發展，如是者四節完結，各人又來個全劇檢視：是否真的有鬼魂作怪？那個「老洞」究竟是甚麼？再來個觀後感：劇集大結局，不能再追看，好失落；劇情這麼恐怖，大家看完會否失眠？

當今天所有電視節目都幾乎可以網上重溫，我們就知道時代變了：當大家不再滿足於坐在一個箱子前看着入面人影晃動，進而闖蕩在那更虛無、更不可捉摸的世界，我們就知道日子不同了。勁歌總選的賽果、東華的表演、劇集的結局，甚至當年情如手足的鄰舍……一切一切，都已然罩上一層薄霧。偶爾一陣清風，將薄霧吹散，回憶中的那抹美好、那份情懷，猶幸仍隱約可辨。

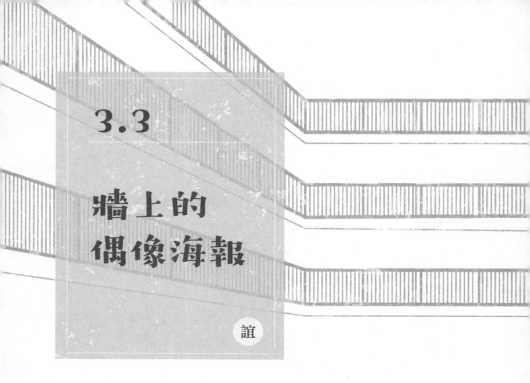

3.3

牆上的偶像海報

誼

　　兒時家裏的牆上，曾經貼過兩位偶像的海報。

　　1988 年，某可樂品牌與某便利店合作，只要在該便利店買可樂，就可以獲贈代言人張國榮的海報。海報有多款，一款是 Leslie 拿着咪高峰，另一款是拿着該品牌可樂……，不變的，當然是他那俊俏的臉龐和迷人的笑容。

　　換取海報的確切方法已經很模糊，印象中那個暑假喝了好多汽水，有理由相信我和哥

哥是每款換兩張，一張展示，一張珍藏！總之那個暑假，我們家那小小的牆上，就貼滿了張國榮的海報，看着海報，不時催眠自己與偶像共處一室，真的樂透了！有時在百無聊賴的暑假午後，一邊播放着偶像的新專輯（當年暑假推出的 *Hot Summer*），一邊隨着他的歌聲高唱：「我極厭倦被你貼身，像囚禁！」再對照一下電視廣告版本的歌詞有甚麼不同，又再看看牆上掛着的海報，加上偶

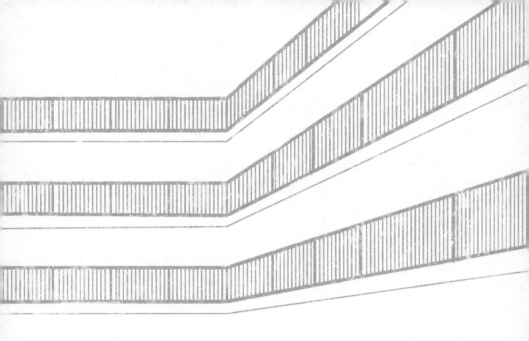

像那個暑假在紅館舉行了 23 場演唱會，贊助商又是這品牌汽水……那一年的暑假，就浸沉在偶像帶來的興奮思緒中！

除了這一位超級偶像，我家的牆上也曾出現過另一偶像的海報。

這一張海報有着灰藍的調子，五位海報中人一身牛仔褸打扮，左邊第一個酷酷的，向左睨着些甚麼；左二那一位把右手掌張開，架在右額上，望向遠方；右二那個有點「Chok」，

抬頭望天；右一那位抿着嘴，眼神有些天真；還有一位站在後方，鬈曲的頭髮下是一張黑黑的臉，這位隊員就位於五人的中間。

沒錯，海報中人正是 Beyond。第一排四人分別是遠仔、Paul、家強及世榮，第二排中間那位當然是樂隊靈魂人物家駒了。這是 1988 年年杪推出的《舊日足跡》精選集海報。早在數個月前，沒有了遠仔，只餘四子的 Beyond 推出了

《秘密警察》專輯，終於迎來了樂隊第一個小高峰，粉絲激增，我和哥哥遂開始走上忠實Beyond擁躉之途。幾個月後，唱片公司推出了五子時代的舊歌，就是這一張《舊日足跡》精選大碟，所以封面上仍是五子齊全。

在Beyond開始走紅之前，其實我們已聽過不少他們的作品。向我們推介這隊本來很「地下」的樂隊的人，正是住在我家對面單位的年輕太太。這位太太與其他鄰居姨姨很不同，她特別年輕，子女只有幾歲，從她與我們分享的舊照片可見，她更年輕時肯定是潮流追隨者，難怪她會迷上Beyond了。這位太太是Beyond的忠粉，早於《阿拉伯跳舞女郎》、《現代舞台》的年代已經迷上Beyond，偶爾出席偶像的活動，回家後便與我們閒聊，內容不外乎是推介Beyond歌曲，說說她近距離與五子相處的點滴。一天，她突然把全屋牆壁髹成灰色，

又買來了一台的士高那種會轉動變色的燈，「焚機」時（當然是播Beyond的歌），二百多尺暗暗的室內，紅、黃、綠、藍燈光盤旋縈迴，歌聲飄蕩：「熱烈地共舞於街中／再去作已失的放縱／到處有我的往日夢／浪漫在熱舞中」。聽着聽着，覺得他們的歌好好聽，歌詞好有意思！我和哥哥漸漸對Beyond產生興趣，最終也與年輕太太一樣，成了他們的忠實樂迷。

後來，應該是因為要迎接新春，父母要重新粉飾牆身，命我們把海報拿下。我還記得，拿下那一瞬，心中是何等不捨和失落！海報除下之後，牆壁還遺下了油漆剝落的痕跡。

以上種種，三十年後回想過來，Beyond的歌聲再度縈繞腦海——「像幻覺／歡笑聲哼出那／曾是過　往昔日／的舞曲」……

「像幻覺／歡笑聲／

哼出那／曾是過　往昔日／

　的舞曲」

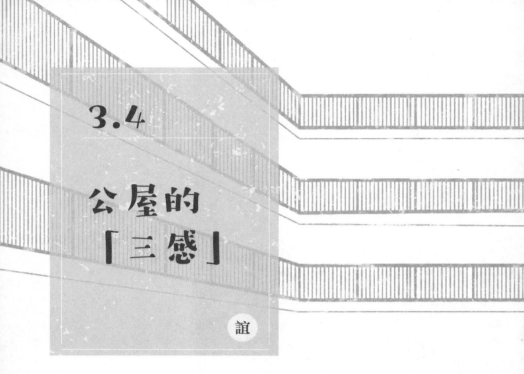

3.4

公屋的「三感」

誼

我住的沙角邨金鶯樓是「舊長型」公屋，每層有 60 伙，每一條走廊也有 20 伙，每個單位緊密相連，這種親密的關係造就了某些特別的情況——你足不出戶，也往往知道你的鄰居正在做甚麼，或者將會做甚麼。

讓我們先從聽的說起。

首先探入你耳窩的是電視聲。開飯時間，你會「聽到」毗鄰的單位在看哪個電視台：與你家電視聲音重疊的，多是在看 TVB；與你家電視聲音有異的，就是 ATV 的擁躉。不同的電視節目聲音以一種不亢不卑的狀態存在着，和而不同地碰撞在一起。

你不時會聽到不同單位的開關鐵閘聲，事實上，鐵閘開與關的聲音確有不同。如果你有事找某鄰居，便可鑑聲識別。他剛出門口？唯有待他回家再訪吧；鐵閘聲顯示他剛回家？一陣子你便可以拜訪他了。

當然，總會有些你不想聽到的聲音鑽進你的耳朵。某某小孩不聽話，被母親責罵幾句，嚎啕大哭起來。這哭聲吵鬧至極，而且是馬拉松式的，你很奇怪他何來如斯「長氣」？好了，號哭聲終於停止，以為可以回復安靜，未幾「哭鬧之火」

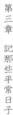

又突然死灰復燃。

偶然某單位會傳來「焚機」聲。你「焚」譚詠麟，他「焚」梅艷芳，我「焚」張國榮，有時也會「焚」Beyond、達明，甚至任白。大家極少「反焚」，卻會在家聽着人家「焚」的歌曲，聽着聽着，慢慢你會由不喜歡到漸漸喜歡，再由漸漸喜歡到瘋狂喜歡，在潛移默化之下，「煩音」也可變天籟。

聽覺之後，就是嗅覺。

你發現某鄰居很喜歡吃辣的東西，因為每逢煮飯時，你幾乎都會嗅到辣椒味；某鄰居則喜歡用南乳入饌，那濃烈的味道對你而言實在激烈了一些。某家庭很喜歡煲青紅蘿蔔湯，一星期至少煲兩、三次。有時也會從樓上樓下飄來煎魚味，那香中帶腥的味道可不是人人可以接受。

入夏，鄰居們都會在晚飯後才關門開冷氣。明明大家都關上門了，但那味道還是不知從甚麼縫隙跑進你家。啊！是那個味道，那個果中之王的霸者味道！你家沒有人好此道，但某家鄰居偏偏極愛之，吃它

的頻率亦繁，可以怎辦？這是人家的自由，你可以怎樣做？只可以「忍」！

以上是聽得到、聞得到的，還有一些是聽不到、聞不到，也觸不到的……

你正在家中一角做功課，突然，身邊起了一陣怪風，發生甚麼事？原來你住的公屋兩邊單位相對，只要大家都打開門，對流風便明顯增強，是以家中怪風突襲，完全不用懷疑有甚麼古怪，事實尋常不過，就是住你對面的好鄰居回家了。

又到盛暑時分，為了節省電費，我們會在晚上九時過後才開冷氣。然而，七時半左右晚飯吃過了，廚房的大窗便開始湧入熱風，便知道鄰居開冷氣了。冷氣充斥在別家小小的單位中，但冷氣機排出的熱氣卻會流竄到你家的廚房。熱風來勢洶洶，我們卻沒有辦法，唯有硬着頭皮承受吧！

現在的新型公屋，一層不會有那麼多單位吧？住戶也不愛中門大開了？那麼，與鄰居這種特別的交集，是否已愈來愈少？

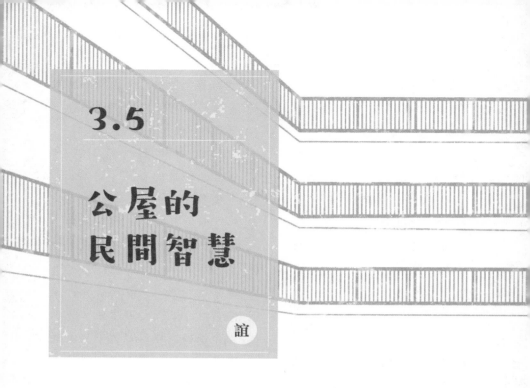

3.5

公屋的民間智慧

誼

香港的公共屋邨人口眾多，匯聚了不同的民間智慧。這些點子雖然無關大事，但方便了大家的生活，說它們是「智慧」實不為過。以下是一些例子：

1. 鐵閘布

「鐵閘布」，顧名思義，這是一塊掛在鐵閘上的布。由於以前的公屋家庭喜歡打開大門，讓空氣更流通，為了保障私隱，所以家家戶戶幾乎都會在鐵閘掛上一塊布。這布正是家家有異，戶戶不同，有些是

淨色，有些有花朵圖案，有些則是動物圖形。有時經過走廊，望進鄰居的單位，會看到幾雙腳在走動，他們的上半身則被鐵閘布遮住了。現在的公屋住戶好像都不愛打開大門了，那麼這鐵閘布還有人用嗎？

2. 門板

門板是一塊擋在鐵閘與大門之間的木板，高約一尺左右。我家也有一塊這樣的門板，媽媽說用來阻擋灰塵、垃圾以至老鼠入屋。這塊板最有智慧之處在於

它會隨鐵閘開關而移動，非常方便。對科學原理沒甚麼興趣的我從沒深究安裝方法，只是覺得家人和鄰居都很有智慧。

3. 信箱與衣架

初搬進沙角邨時，曾發生了一次「無家可歸」事件。那時還未將家中的備用鑰匙存放於鄰居家，也忘了甚麼原因，總之在沒有鑰匙的情況下，大門被風一吹，「嘭！」一聲緊緊關閉，我們全家在走廊上，頓時手足無措。巧手的鄰居拿來了一支衣架，將它弄成長型，並將之穿入大門信箱嘗試鈎開門掣。很有難度吧！不知弄了多少時間，門掣真的被鈎開！現在的公屋大門設計已改，當然不能再用這些方法處理了。

4. 衣架、長繩與掉落在簷篷的衣服

家住三樓，在二樓單位外有一個簷篷。有幾次晾曬的衣服被風吹倒，掉在簷篷上，本來只要走到二樓同一單位拍門，請鄰居幫我們拾回就可以了，

但我們選擇了用繩綁住衣架，然後將衣架吊到簷篷，再將衣服鈎上來，這方法萬試萬靈呢！

5. 善用欄杆及公用地方

家裏沒有足夠地方晾曬大型衣物，所以公屋住戶都喜歡將床單、棉被等晾曬在樓層大堂的欄杆或公園的設施上。另外，也有鄰居會在這些地方曬果皮。在曬果皮的季節，它的陣陣清香會隨風飄散呢。作為小孩的我們，也非常善用公家地方，我們喜歡在樓層大堂玩，踢球、打羽毛球、玩煮飯仔、踏單車，甚至舉行小型歌唱比賽；大人們則在此作麻雀耍樂，各有趣味。當天的民間智慧、善用公眾地方，今天應會被視之為霸佔公用地方的缺德行為吧。

為了生活更方便一點，更美好一點，大家都自自然然地運用小智慧，想出不同的方法。這些智慧未必能令世界變得更美好，但可以令生活方便多一點，不也是件美事嗎？

3.6
在公屋家努力溫習的那些年

誼

手中的中史筆記被撕成數份，零碎的紙張散落一地⋯⋯

中四的我正在家中廚房的大窗旁讀着「秦代滅亡的原因」。那一晚狀態奇差，腦袋雜草叢生似的，不算複雜的秦亡原因在反覆背誦下仍然不能入腦。不忿的火苗燃燒，終至爆發，我把手中的筆記撕碎，失聲嚎哭。

女兒失控的舉動驚動了廳中正在看電視的父母。媽媽見狀，瞬即安撫；爸爸與哥哥在一旁靜觀事態發展。冷靜過後，我看着被撕成數份、宛若地圖上不規則國界的中史筆記，心想：這實在太衝動了！現在怎樣溫習呢？當然別無他法，唯有將它們像拼圖般重新併合吧。

以上是我在眾多家中溫習經歷中其中一個難忘片段。除此以外，歷經會考及高考兩個公開考試，當然有更多埋頭苦幹的溫習時刻了。

會考臨近，中五最後一天的上課日完結後，就是將近一

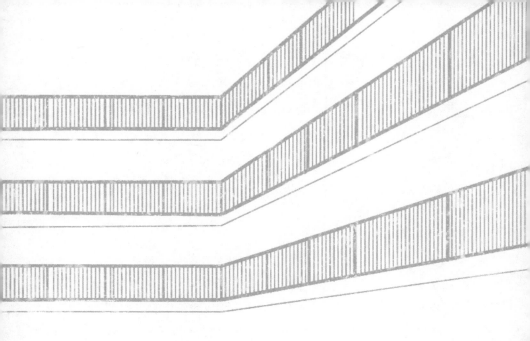

個月的「溫習假期」。春天的腳步踽踽步近，回南天讓空氣濕濕的，家中暴露的水管開始滲水，媽媽忙於用布將接近天花的水管包裹起來。對面的高山傳來噪鵑的啼叫，樓下公園的杜鵑花瓣含着點點血紅，一切都表明了會考愈來愈近。

我與哥哥都是「夜鬼」之徒（只是他的程度比我嚴重得多），通常我會在上午十一時左右起床，吃過媽媽預備的「早午餐」後便開始溫習。在這個250呎的家中，小書桌、睡床、甚至餐桌都是我的盤踞地。有時我會捧着中文和文學科的筆記或精讀，在家中來回踱步，邊踱邊讀，大概十碎步便可由大門步至廚房。如是者來來回回，一課課的〈出師表〉、〈再別康橋〉、〈醉翁亭記〉、〈潮汐和船〉、〈氓〉、〈短歌行〉、〈蘇幕遮〉……便像乖巧的小學生般，列好隊伍，魚貫走進我腦中的記憶區。

溫習數學的情況便不一

樣了。有時，在一個溫暖潮濕的午後，我會嘗試努力溫習歷屆試題——在白紙上重重複複的運算。結果是，成功計算到答案的時候極少，與數字磨蹭的時間甚多。我實在不甘心！不甘心讓這科討厭的數學拖垮我，令我不能升讀中六！我只好繼續和它糾纏，但一堆堆數字就如催眠符號般向我呢喃：「你疲倦了，睡吧，不要勉強了……」，我緩緩被捲進夢一般的漩渦中。夢中，我接過了會考成績單，一個 F 字像玻璃碎片直插雙眼，我感到窒息……

「碰呀！食糊！」

我從窒息的夢魘中驚醒。

「搞錯呀你，雞糊都食！」

我揉一揉惺忪睡眼。

感謝熱愛「攻打四方城」的鄰居太太，把我從可怕的噩夢中拯救出來！熱愛搓麻雀的她們很多時會在下午於「後梯」的電梯大堂「開枱」，她們搓麻雀的聲音和得勝的吶喊，我們都習以為常，也不會視之為騷擾溫習的噪音，這種獨有的背景音樂反成了我們埋頭苦幹的襯托呢。

會考放榜，我的數學過關了。但我的會考成績不如預期，幸好仍可以在原校升讀中六。熱愛中國文學的我夢想是入讀中大中文系，我知道我必須加倍努力才行。中六完結，一位會考成績優秀的同學率先因「有條件取錄」入讀中大中文系，那一年聖誕，她寄了一張聖誕卡給我，上面寫着五個字：「等你，在中大」。

有人說，A−LEVEL 是世界上數一數二艱深的公開考試，關於這一點無從引證，不過，它考試內容的「長闊高深」一定毋庸置疑。經過會考一役，我調整了一些讀書方法，當然，成功的不二法門必然是更努力溫習了，於是，我夜讀的日子愈發增加。我喜歡在夜闌人靜的深夜倚着家中廚房的大窗讀書。樓下的馬路偶爾傳來風馳電掣的飆車聲，有時，一陣清

風吹過，馬路旁的一排樹葉沙沙作響……我默默唸着中史的「鄭和七下西洋」、「漢武帝罷黜百家，獨尊儒術」、文學的〈蜀道難〉、〈逍遙遊〉、〈藥〉，想着「尚友古人」這句話。是的，我要與他們打好交道，這樣我才能了解他們的經歷、行事和情懷。

夜讀是寂寞的。寂寞的夜、寂寞的馬路、寂寞的自己。我望向黑黑的街道，路燈佇立着，幽幽的、自顧自的發放着暈黃的光。心中驀地泛起疑問：「我究竟在做甚麼？美好的長夜原應好好的睡，為甚麼我要如此孤單的和這些古人打交道？」當然，我心中自有答案。抬頭望向另一邊，斜對面的博康邨Y型大廈竟然有不少我的同道！白色的、黃色的光從他們的單位透出。是剛下班的人回家後亮着的燈嗎？還是要上班的人準備出門？抑或是和我一樣正在夜讀的他或她？不知道。但我明白，在應當睡覺的夜裏不去睡，總有他的原因。無論原因是甚麼，我發現，原來我並不寂寞，我們都為着自己的生活、各自的理想而努力。

我們都是這樣在屋邨長大的

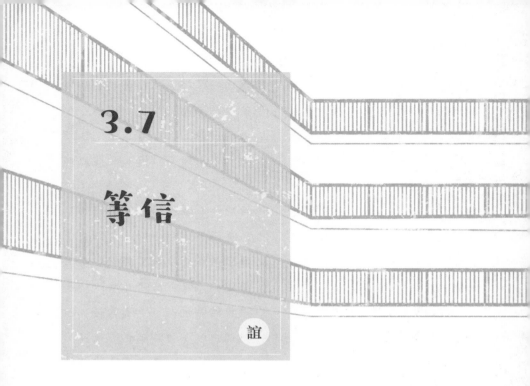

3.7

等信

誼

這個世紀，還會透過寫信傳情達意的人已是少之又少。既然沒有寫信的人，遑論等信的人了。

在我的成長年代，寫信和等信，都是生活日常。小時候，家住筲箕灣唐樓，家中的紅色小信箱就安裝在唐樓的樓梯旁。記憶中，人生第一次對「等信」有概念，就是小學一年級時。媽媽每天經過信箱都會用手指穿進上面的小圓孔，撩撥一下入面有沒有她要等的信。一封又一封，都不是她要的⋯⋯也

不知過了多少天，一日，信箱裏面有信，她取出，打開，眼中閃爍着光芒。她等候已久的信終於出現了。

這是一封公屋的「上樓信」，一封我父母等了八年的信。

於是，我們由筲箕灣唐樓搬到沙田的公屋。

公屋的信箱與唐樓的很不同。那時候的公屋沒有獨立信箱，郵差先生派信時，會將信件掉進大門中間一個長長小小的洞。有時，「啪」的一聲，

在家中正幹着不同事情的我們會被好幾封有份量的信嚇到。漸漸，掌握了郵差送信的時間後，每當有重要信件，我便會在門後「等信」。

小時候的我非常喜歡收到朋友送的聖誕卡。十二月學期考試的午後、郵差派信的時間，我會佇立在門後，等待朋友給我的季節祝福。記得一次，又是「啪」的一聲，七、八封滿有份量的聖誕卡驀地從信箱口湧進，眼睛一直不離信箱的我跳到門邊，瞥見信封面上我的名字，字跡各有不同，稚氣的、秀氣的、草草的……我拾起那一疊厚重的祝福，然後逐一拆開，細細閱讀，撫弄着微微凹凸的痕跡，隔住信箋想像他們書寫時的心情……

後來，我在這大門的小洞前，等待過遠方筆友的來鴻、訂閱的體育雜誌、大學學期成績單，以及我珍而重之的友好回信……

等信，過程很漫長，尤其當你正在等一封非常重要的信。

如果你等的是一封回信，等待的時間更會加倍。由你寄出寫給他的信開始，每天數算，暗自擔心信件是否能順利寄到他手上？在一天一天的等待中，我慢慢學會了忍耐。在既焦急、又興奮的幽微情緒下，默默的咀嚼「等」這回事。原來「等」並不太痛苦啊！心中反而滲出一點點的幸福感。昔日，由寫信到寄信，信件沒有三數天都不能捎到收信者的手中；今天呢？只消一個按鈕，甚麼埋藏心中的悄悄話都迅即傳達。「快、靚、正」，有何不好？

是的，可能沒有甚麼不好。在這個甚麼也講求效率的時代，「快」確實省回大家不少時間。但，我更喜歡那奢侈的等待。期盼得到的東西、渴望擁有的情感，在等待它們的過程中，讓情緒慢慢沉澱，多餘的雜質被蒸發掉，剩下的，就是那最純粹、最天然、最乾淨的初心。你，嘗過等信的滋味嗎？

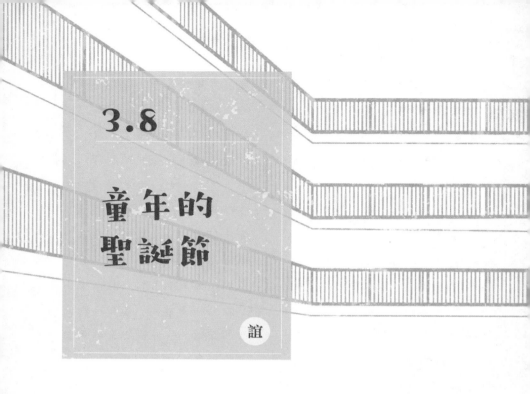

3.8

童年的
聖誕節

誼

小時候，總是很喜歡聖誕節。喜歡那滿滿的冬日佳節氣氛，喜歡那恍若天上墜落的繁星匯聚成都市的璀璨光芒，冷冷的城市填滿了溫馨的空氣，一切都在為一年將盡而畫上圓滿的句號。

不要以為公屋住戶不着重聖誕佈置。我有不少鄰居都會在十一月開始粉飾家居，在牆上貼上當年流行的金色流蘇狀

"Merry Christmas and Happy New Year" 字句，在家中點亮七彩繽紛的燈飾者也為數不少。我家呢？我是家中聖誕佈置的「話事人」，爸媽哥哥從不干預我怎樣佈置家居，通常我會在大門及廚房的玻璃門用彩帶勾勒一棵聖誕樹，再在家中天花板貼上另一些彩帶，小小的家頓時平添不少聖誕氣氛。當然，聖誕節總不能缺少一棵掛滿繽

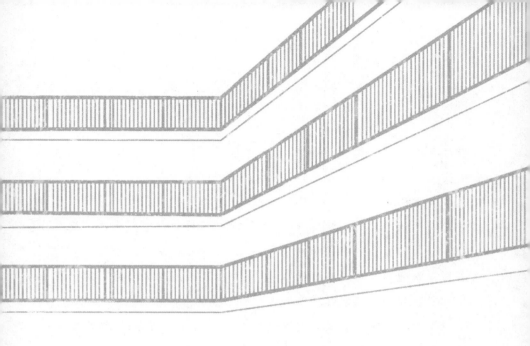

紛彩球的聖誕樹吧。

　我也有一棵這樣的聖誕樹。這是一棵我夢寐以求的聖誕樹：樹上掛滿了閃亮的金、銀小球，盤繞着幾條亮眼的條狀裝飾，再掛上一串七彩閃亮的燈飾。這棵比我還高的聖誕樹座落在小小的家中，格外顯眼。每年十一月下旬，我便會從床底尋回封塵了一整年的它。它是我家聖誕佈置的主角。

　我家面積雖小，但經過粉飾的單位也是一個美好的聖誕小天地。我們會在平安夜或聖誕節舉行「聖誕小派對」。預備好小食、點亮了聖誕樹上的燈飾後，派對便正式開始，賓客當然是我們的鄰居好友吧。派對沒有特定的節目，幾個小孩純粹在閃亮的聖誕樹下談談話，看看燈飾的變化頻率——由藍轉綠、由綠轉紅、由紅轉

黃，有時小燈泡會一起發亮，有時又一起熄滅……聖誕樹頂上滿是銀粉的星星在暗暗的室內若隱若現地閃爍，頗有普世歡騰的氣氛。小派對的尾聲是交換禮物環節。買過甚麼禮物又抽過甚麼禮物，已經全無記憶，但當時那種又緊張又溫馨的心情從未忘卻。

那些年的聖誕節，另外一個必備活動就是寫聖誕卡了。在那個沒有電子賀卡的年代，每年的十一月左右，屋邨的文具店便會闢出一隅售賣聖誕卡。我們都會認真選購，為某位摯友嚴選一張對方專屬的賀卡。全部賀卡寫好後，部分會寄給不再在同一所學校就讀的小學同學，部分（通常是一大疊）會帶返學校與同學交換，而鄰居那些我則喜歡親手投進他們家的信箱。有時，家中的信箱會突然有東西掉進來，原來是鄰居神秘地在你估計不到的時間把聖誕卡逐一派送！我甚至有一位住在同邨的小學同學，他會親自走訪全邨大廈，權充郵差派送聖誕卡給朋友。在當年全不設防的公屋裏，就是可以這樣自由進出啊。

記憶中，自己居住的屋邨沒有甚麼聖誕佈置，但沙田市中心那邊卻有不少漂亮又有特色的燈飾；橫跨城門河的沙燕橋，每年就有不同主題的燈飾，多會結合生肖設計，或以沙田名勝景點為主題；近城門河上游的瀝源橋則多在橋身綴上小燈飾，遠看像繁星密佈的銀河。它們的華麗程度當然不能與尖東的同日而語，但作為一個新市鎮，氣氛絕對不賴！

多年過去，芸芸節日中仍是最喜歡聖誕節。只是，真的不習慣溫度已變得太高的聖誕節。

我是家中聖誕佈置的「主事人」，每逢十二月的
時間，就會用心將家裏佈置成美好的聖誕小天
地。圖為筆者外婆、父母、哥哥、大舅和阿姨合
照，筆者負責拍照。

我們都是這樣在屋邨長大的

111

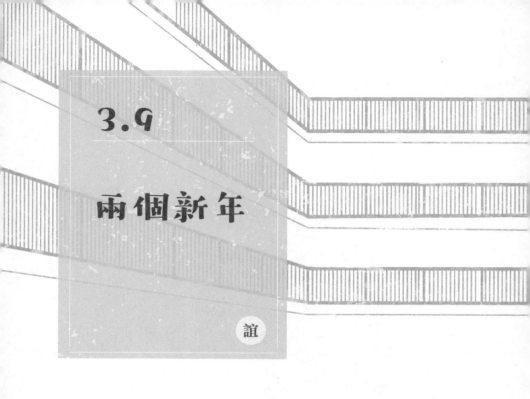

3.9

兩個新年

誼

很小的時候，常常奇怪為甚麼我們會有兩個新年。第一個新年與聖誕假期黏在一塊，送走每年的十二月三十一日後，迎來了新一年；第二個新年卻沒有特定日期，有時在一月，有時在二月，這個新年的年三十晚會吃團年飯和逛花市，原來這個是農曆新年。

我對「新曆新年」沒有甚麼深刻印象，家人亦從不會為此慶祝。除夕夜，仍是在家吃媽媽煮的家常便飯，然後看看電視；八十年代大台會在這晚直播日本的紅白歌唱大賽，或者那些藝員歌星的倒數節目。除此之外，我對迎來新一年並無太大感受。

農曆新年便不同了！在公屋過年，用「非常熱鬧」也不足以形容。進入農曆十二月，媽媽便會開始準備全盒和辦年貨。年二十左右吧，她會開始製作蘿蔔糕。一次，她在家中比例上算是頗大的廚房製作蘿蔔糕時，我因悶極無聊，不斷

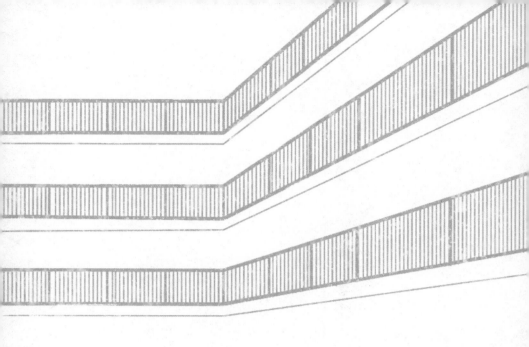

追問她：「蘿蔔糕熟未啊？整好未啊？」旋即被她責罵：「唔好再問喇！你不斷問啲蘿蔔糕熟未，係會整得唔靚㗎！」雖然我從不知道這是哪來的禁忌，但我以後在媽媽蒸糕時也不敢再追問她了。媽媽也會在接近過年時買些劍蘭、菊花等回家養在花瓶中。我從未見過她養水仙，她似乎獨愛劍蘭和菊花。奇怪，在這幾株鮮花的點染下，陋室如被神仙棒揮動過，變得頗有素雅嫻靜之感。

年三十晚，我會與父母逛花市。沙田的花市設於源禾遊樂場，規模雖然不可媲美維園，但各類乾濕貨亦不缺，而且，逛花市最重要的還是感受那熱鬧的佳節氣氛吧。

年初一，通常我們會一早出門，到港島幾位姑母家中拜年。晚上回到家，就是與鄰居「交換利市」的時間。有時是媽媽到鄰居家拍門：「恭喜發財，身體健康！」然後遞上利市，鄰居亦早已準備「回禮」；

家肥屋潤

有時是媽媽到鄰居家拍門：
「恭喜發財，身體健康！」

然後遞上利市，鄰居亦早已準備「回禮」

有時情況倒過來，鄰居到我家拍門，互相恭賀一番，再「交換利市」。最開心的一定是我和哥哥，銀行戶口又有進帳了！

由年初一開始，家中大門不時會被拍，甫開門，便會有陌生人出現，有些是中年大叔，有些是年幼小孩，有些是尋常婦人，他們都會遞上一張寫有「財神」的小字條，有些印刷精美，紙上綴以金邊，但更多是隨意將「財神」二字寫在一張紅紙上，其中一些更是字體歪斜，接到這些「財神」，往往心中暗忖：「寫得太馬虎了吧！」接過財神，我們都會給他們一、兩元。相信不少派財神的人在這農曆新年間賺個盤滿缽滿！

年初二、三左右，下午時分就是舞獅時間。與財神靜靜到步不同，他們的出現定必是「未見其獅，先聞其聲」。在鑼鼓的響聲下，他們會逐家逐

戶到訪，我們和鄰居都很歡迎這歡騰的場面，不待他們敲門便已主動開門，獅頭和我們打過招呼後，我們便會乖乖奉上利市一封。各家各戶得到好意頭的祝福，他們又有不錯的收入，皆大歡喜。

印象中的農曆新年總是拜年、拜年再拜年，頗是忙亂，所以我更喜歡親友到我家拜年的時候。看着爸媽與親友閒話家常，談談孩子的成長，說說生活的苦與樂，小時候的我看在眼裏，竟也覺得很動聽。有時，在靜靜的下午，我們在家中無事，便會圍坐在桌子旁，嗑瓜子、嘆嘆茶，看看電視的賀年節目（包括賀年廣告），一天便平靜的過去了。相對於熱鬧的時刻，這種安靜有時更讓人愜意。

這個年代，香港人仍在慶祝兩個新年。不論是新曆或農曆新年，能平安度過一年，再踏進新的一年，都是最教人欣慰的事。

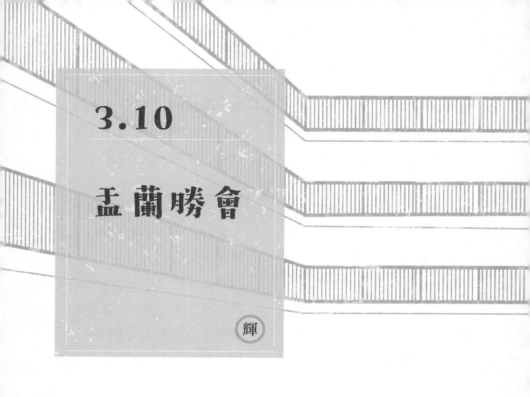

3.10

盂蘭勝會

輝

　　我父母親都是潮州人，所以每年七月的盂蘭勝會，家人都十分重視。香港的盂蘭勝會始於潮州、海豐、陸豐、鶴佬等移居到香港的人士，他們在1940至1950年代南來，連帶風俗傳統也一併帶來，以聯繫同鄉感情、紀念祖先和超渡地方上的孤魂野鬼。這些活動於現時在香港各區幾乎都有舉辦。盂蘭勝會中的「盂蘭」，由梵文「Ullambana」譯過來，意為「救倒懸」，即救度亡魂倒懸之苦，是來自民間《目蓮救母》的故事；「勝會」是指一大群人舉行活動的意思。因為相傳

陰司地府在七月初一大開鬼門關，直到七月三十日才再次關閉，所以一般盂蘭勝會的時間都是很長的。

　　近年最多有關盂蘭勝會的報道，應該是當中的派米活動。其實香港盂蘭勝會的醮會，大體由三個部分組成，包括請神、神功戲及派米。小時候，每年的盛夏，我們一家都會參與這個大節日。記得在勝會的主要活動未開始前，我們先要捐錢，捐錢後我們會得到一對燈籠，可用來掛在門前，到請神、神功戲開始時，就可以到場領取已作福的一小袋白米。

藍田邨的盂蘭勝會在藍田水庫球場舉行，請神及神功戲的竹棚都會在那裏搭建。小時候的我，總覺得盂蘭勝會有點像嘉年華會，因為會場除了搭起數座竹棚，還有一些流動小販在販賣小吃、汽水及雪糕等等。所以每次當爸爸媽媽看神功戲時，我們四兄弟總愛嚷着要買零食，父母大多容許，讓我們大快朵頤。印象最深是可以買到像白雲般的棉花糖，這機會可説是千載難逢，每年我都會抓緊這次機會，買一枝大大的棉花糖，好好享受。飽餐一頓後，我最喜歡觀看競投福物的環節。競投福物都是祈求神明賜福，所競投的包括電器、擺設及糖塔等等。競投福物過程相當激烈，鄉里們為了求福，為了支持勝會活動，或為了個人面子，大家一邊流汗一邊叫價，好不熱鬧。

另外，盂蘭勝會的確起着聯繫同鄉感情的作用。在炎炎夏日的晚上，沒有冷氣的戲棚裏，以潮語上演各種劇目的神功戲，非潮州同鄉根本不會去或不懂得欣賞。同一屋邨的同鄉們，平日為生活奔波，未必能經常碰面。但爸爸媽媽在盂蘭勝會中，在看神功戲、競投福物或打齋儀式時，都有很多機會與同鄉聚首，談談近況。

除了在戶外舉行盂蘭勝會，家中也有「大型」的盂蘭節祭祀活動。為甚麼用「大型」來形容？因為需要準備的祭品極多，而這項重任當然落在媽媽身上了。祭品有豬肉、肥雞、烏頭、水果、糕點、金銀衣紙等等，因為實在太多祭品，家中根本容不下，所以每次都移師走廊的大堂位置進行。我估計將所有祭品放在地上，足足會佔去二百多呎的地方；由家中將祭品搬出走廊大堂，我們四兄弟每每要總動員，協助媽媽完成祭祀。隨着媽媽年紀愈大，祭品規模就愈小，由戶外轉到戶內，由眾人協力至她獨自一人也能夠完成。

自從搬離藍田邨，盂蘭勝會彷彿離我愈來愈遠；各區的盂蘭勝會的盛況，就只有從電視上觀看。2011年，「香港潮人盂蘭勝會」列入第三批中國國家級非物質文化遺產名錄，希望這個富地方色彩的傳統文化，能夠一代一代傳承下去。

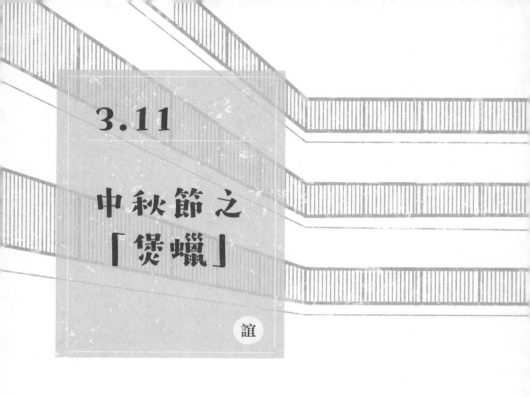

3.11

中秋節之「煲蠟」

誼

「哥哥，都叫你唔好煲蠟㗎喇，好痛呀！」這是某年政府一個宣傳廣告的一句對白，說話者是一位小朋友。廣告目的明顯不過，就是勸諭市民切勿煲蠟。廣告完結前一句口號彈出：「煲蠟犯法，傷人害己。」

能令政府拍攝廣告宣傳「切勿XX」的事物，肯定是坊間有人，甚至不少人在進行着，煲蠟當然也不例外。作為一位奉公守法的成年人，我當然十分認同這活動非常危險，而且也

害工作人員花很多工夫清理遺留的蠟痕，絕對是「損人不利己」之舉。不過，三十年前的屋邨小孩，甫到中秋，「煲蠟」肯定是不可或缺的佳節活動。

小時候，每當臨近中秋，我和哥哥及鄰居的一眾小孩必會預備好煲蠟二寶——大量蠟燭及月餅罐。不要以為我們只玩一天，我們會在迎月、中秋及追月連續三天展開煲蠟大行動。農曆八月十四及十六的燭光是零星的，但八月十五

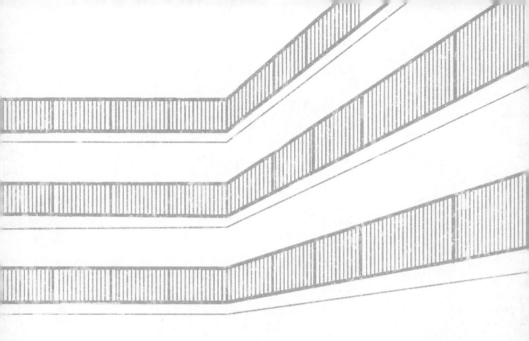

當晚情況便大相逕庭了。八月十五，吃過晚飯，我們便和三數知己雀躍地起行，到樓下公園開始煲蠟。

　　那些年的中秋「煲蠟日」，說是盛事也不為過，無論在遊樂場範圍，以至大大小小的花園花槽，都聚滿了一夥一夥的小孩，各人都專注於蠟被溶解的一刻。凝望着蠟燭在月餅罐上慢慢由固體化開，如火的紅緩緩蔓延，濃烈的蠟燭味伴隨着縷縷白煙裊裊飄起，有時頑皮的友人更會「加料」（通常是水，甚或是口水），鐵罐中發出微微的「滋滋」聲，一種很純粹的快樂和滿足油然而生。

　　蠟煲夠了、玩夠了，回到家，媽媽已預備了賞月佳品：月餅、芋仔、菱角、楊桃、柿子等，待我和哥哥回家一起品嚐。吃飽了，便捧着身心的滿足，與那掛在天邊的一輪明月雙雙沉進夢鄉了。

　　中秋節當晚從家中俯望公園，平時入夜後靜悄悄的，如

每當臨近中秋，

我和哥哥及鄰居的一眾小孩
必會預備好煲蠟二寶──大量蠟燭及月餅罐。

今人聲鼎沸，各式各樣的中秋活動進行得如火如荼，有人拿着燈籠走動，有人將燈籠掛在樹上，有人將蠟燭排成不同的形狀，當然更多人是在煲蠟了。眼睛只消停駐在這麼一個燈火璀燦的場景中數秒，影像就深深刻鑄在眼底裏，那一晚眼前眼後盡是無窮無盡的燈火，良久不散。

　　長大了過中秋節，偶爾也會回味童年過節的樂趣。小時候總覺得中秋節可以與友伴一起玩燈籠、一起煲蠟，最是興奮和刺激，那時未有深究，亦不明瞭中秋魔力的真實原因。如今與那些狂放的日子相去甚遠了，反而更明白當時的心情。中秋，通常正值九月開學後不久，仍沉浸於暑假輕鬆悠閒步伐的小孩，難得在開學後又可以鬆一鬆，恍若悠長暑假的續集，誠為樂事！更重要是，中秋那抹暖乎乎的氛圍：包圍在溫熱的熊熊燈火中，偶爾的一陣微涼金風吹過，看着身旁情如姊妹的鄰舍笑臉，還有家中永遠等着你、寵着你的父母為你預備的豐盛賞月夜……這些都叫人愈想愈懷念！

　　還有中秋的主角——掛在天上純淨無瑕的大玉盤。它冷如霜的遙遙與地上的火焰對峙，彷彿用冷靜的語調告訴你：「人有悲歡離合，月有陰晴圓缺」。這一句小孩時不會明白，但長大後不到你不明白的古詞，乃至理名言。今天，當年的一眾玩伴抬頭看着這冷眼觀照人間數千年、恆久不變的月亮時，也只好嘆句「但願人長久」吧！

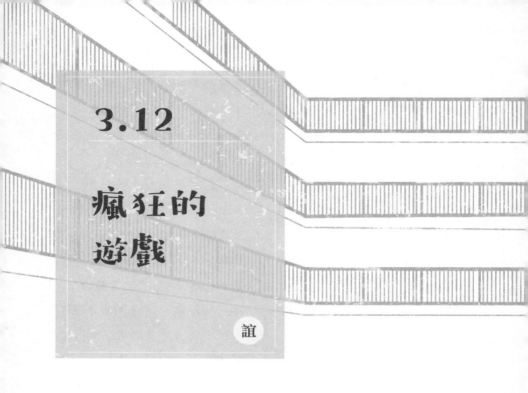

3.12

瘋狂的
遊戲

誼

本書〈屋邨小孩的娛樂〉一文，記述了一些屋邨小孩的玩意。2019年《我們都是這樣在屋邨長大的》成書時，反覆閱讀這篇作品，總覺得好像欠缺了一些東西，究竟是甚麼東西？想了幾年，終於給我想出來了，立定決心一定要在這次增訂版中與讀者們分享那一次瘋狂的遊戲。

應該是在我高小的時候吧，悠悠暑假，百無聊賴，天天去游泳、到圖書館、玩捉迷藏也會有厭倦的時刻，有沒有一些玩意有些新意？又有一點意義？最後，給玩伴們想到，不如來一場兩方對壘的比賽。

比賽在陳姓鄰居的家中進行。玩伴們分成兩隊，每隊大概有三名成員。比賽玩法十分簡單，純粹就是將球形物體拋過對面，看看對方是否能成功接到，接到為之勝；接不到，當然就算是輸了。

橫看豎看，這不過就是一場球賽吧？有甚麼好玩的？有

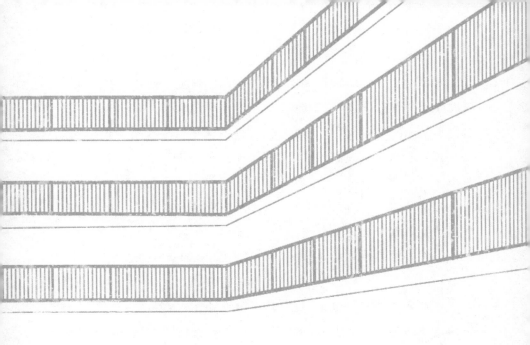

甚麼新意？既然說得上是瘋狂的遊戲，又怎會如此簡單？這個遊戲的關鍵就是，那個圓形物體，其實是一個「水彈」！這是一場水彈對壘比賽！

戰況一如預期，十分激烈。比賽剛開始時，大家仍是玩得十分規矩，兩隊純粹將水彈拋來拋去，並盡力接住，力保水彈不着地。慢慢地，戰況愈加激烈，甲方狠狠地將水彈拋擲過來，乙方終於招架不住，水彈在地上爆開了，水亦隨即濺濕

出來，把陳生陳太的家具弄濕了。乙方怎能忍受輸了一球的屈辱，瞬即反擊，前鋒出盡力，使勁將水彈拋過對面，「噼啪」一聲，水彈再告爆開，繼續濺濕陳生陳太的家具。

擲着擲着，「贏」的定義亦由成功接着敵方拋來的水彈，變為成功將水彈擲中敵方身體。於是「球來球往」，「喂！好啦喎，我成身濕晒啦！揼番你！」「都話淨係揼身唔好揼頭！」「揼死你！」「三彈齊

發！睇吓你死未？」如是者，陳生陳太的單位上演了一場瘋狂的水彈大戰。

激烈的水彈大戰持續了至少一小時，直至彈盡力絕，各人亦疲憊不堪，所有的力量已然耗盡。一眾玩伴的動作慢下來，全身濕透的眾人軟癱在地上……

「死啦！成間屋濕晒，冇一個位置係乾嘅！阿爸阿媽返嚟實打死我！」「快啲清理場地啦！清得幾多得幾多！」「我哋係咪玩得太過分？陳生陳太一定勁嬲喇！」

不知過了多少時間，反正陳生陳太下班回來了。玩伴們的結局是可想而知，玩得幾瘋狂，就被罵得多激烈。

瘋狂的水彈大戰最後是如何落幕，我也不太記得了，畢竟年代太久遠，而且更重要的是，這場世紀大戰，我根本沒有參與其中！以上的描述，都是我根據有份參與的哥哥的複述想像出來的。

水彈大戰的參與者，除了因為陳家女兒是戶主代表，半推半就被迫參與外，其他「戰士」全是男孩子。忘了因為甚麼原因，「四朵金花」中的其中三朵（包括我），可能對戰事根本不感興趣，更可能是對如此瘋狂的舉動的結果有隱憂，反正我們並無參與其中，最後得以「食花生」的心態看這幾個狂野玩伴如何被陳生陳太整治。

回想多年公屋生活，在變化多端的遊戲玩樂中，這次的水彈混戰，真的可說是把瘋狂的行動推向極致了！

成間屋濕晒，
　　　　冇一個位置係乾嘅！
阿爸阿媽返嚟實打死我！

　　　快啲清理場地啦！
　　　　　清得幾多得幾多！

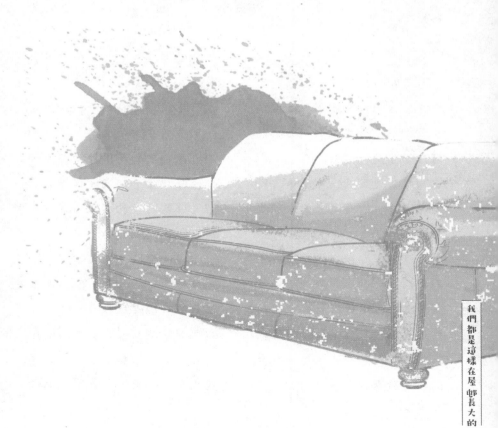

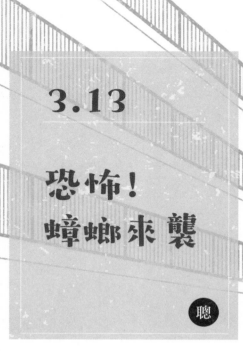

3.13

恐怖！
蟑螂來襲

聰

PG 本節內含大量有關蟑螂之細緻描寫，建議害怕蟑螂的讀者可在信任的親友陪同下閱讀。

我曾暗自許願，願意減壽十年，換取蟑螂絕種。當然，慶幸神明沒有理睬我：我仍然健在，盛夏夜間的街道上，肥大卻移動速度極高的蟑螂還是隨處可見，偶爾還會出現數隻懂得飛行的。

這種期盼蟑螂滅絕、甚至不惜用上自身陽壽來作交換的「願望」，明顯源自極度恐慌而造成的不理性，是沒有經過深思熟慮的輕率決定。但我真的非常討厭蟑螂——世上最難

看及最令人毛骨悚然的生物。

老天怎麼能容許這樣不公平的事情發生？蟑螂本已有着令人驚恐的猙獰面貌；但老天爺還要賜予它們高速移動的能力及懂得飛行的本領，實在強得過分！

1982 年搬進位於沙田的公屋單位以前，我們一家住在筲箕灣的一幢舊唐樓單位內，那處別説蟑螂，手掌般大的蜘蛛也經常出現。初生之犢，老虎也不會害怕啦，何況小小的蟑

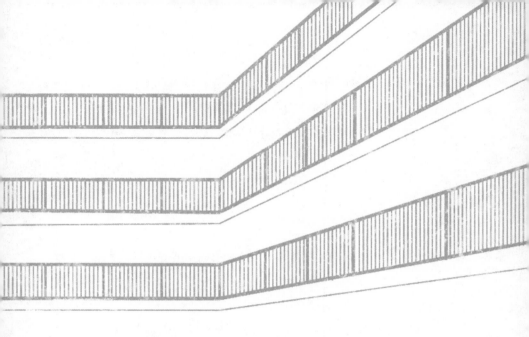

螂？那個時候，我可以徒手把高速移動中的大蟑螂緊緊捉住；甚至用力把它握至粉身碎骨，也面不改容——事後徹底清洗雙手便可。

搬到公屋新居以後，生活愈加舒適，加上生性潔癖的媽媽一直努力維持家居窗明几淨，數年下來，真的極少於家中看到蟑螂出沒。人就是這樣，昇平日久，自然久疏戰陣，正是「江湖愈老，膽子愈小」。後來家中物事積累，或許給予蟑

螂存活空間，它們偶爾出沒，我竟然已經失去徒手活捉它們的膽量。幸好，拿着拖鞋大力擊殺它們的能力，還是存在。

活躍於香港家居內的蟑螂，主要有兩種：第一種是「德國姬蠊」，體型比較細小，身長大約只有一厘米左右，經常在廚房出沒，以行動迅速、體型極小因而難以擊殺著稱；第二種是「美洲家蠊」——又稱「美洲大蠊」，我比較喜歡「大蠊」這個稱呼，因為一語中的地說

明了它的最大特徵：巨大！為甚麼蟑螂又稱「蜚蠊」？原來蟑螂是屬於昆蟲綱「蜚蠊目」內一個昆蟲種類，世界上共有四千多種蟑螂，真是恐怖。《辭淵》的「蜚蠊」條目中，更明言此物種「有翅能飛」：證明蟑螂與生俱來就具備飛行能力。至於要不要飛起來，全看它的心情而定。

搬進公屋新居後的一兩年間，確實少見蟑螂。後來，我們開始偶然在廚房發現「德國姬蠊」出沒，有時在洗手盆旁邊，有時在煤氣爐附近。比較有趣的是，它們竟然會跑到雪櫃內，還要是負責造冰、溫度最低的那一層。我偶爾看到它們於雪櫃內歇息似的，但頭頂兩條觸鬚還在無意識地擺動，證明它們一息尚存。看到這個情景，我拿取所需要的物事後（通常是雪糕或雪條），會在不驚動它們的情況下極速關上雪櫃大門。一至兩天後再打開雪櫃，通常都會看到它們已經四腳朝天，這次真的了無生氣了！我隨手拿一張紙巾，把它們的遺體移走，清理一下雪櫃便是。

再過幾年，「美洲大蠊」開始來訪。雖然家中物事積累，的確是給予它們到訪的基本條件；但是，我家事務在那位潔癖的媽媽主持下，仍然窗明几淨。後來，「美洲大蠊」出沒的頻率增加，我們一家四口經常研究它們從何而來。

答案其實十分簡單，我們居住的公屋單位位於三樓，實在太低層了。《辭淵》中記載曰「有翅能飛」的「美洲大蠊」，有時它們興緻來了，索性直接飛進來家訪。如果環境舒適，便在這裏安頓下來也不錯。慢慢地，它們親屬繁衍，作為家中「最強攻擊手」的我，出勤次數激增。

到了居住在公屋單位的最後那幾年，每當盛夏晚上，差

不多每個星期都會在洗手間或廚房看到它們那令人厭惡的身影；偶爾更是無法無天，公然在大廳中央的地上大搖大擺地走過。看到它們出現，我當然義憤填膺，通常立即拿起拖鞋追殺。

但蟑螂不愧為世上數一數二奔走速度最高的物種之一，而且善於竄進狹隘的衣櫃、書櫃或大床旁邊的縫隙中避難，有時要成功擊殺，也需大費周章。加上前述「江湖愈老」的緣故，我雖然身為家中「最強攻擊手」，心中卻也着實害怕。如此一來，於盛夏之時跟那醜惡物種進行一輪生死相搏之後，大汗淋漓也屬自然；由是，享受一個冷水浴，往往是我殺生後最常做的事。

在公屋單位居住二十餘年的歲月中，蟑螂來襲次數多不勝數，當中有兩次令我畢生難忘。第一次發生在我們一家搬進公屋新居後數年，有一天我們吃過晚飯後不久，一家四口

同時看到一隻「美洲大蠊」從洗手間內走向大廳。我立時拿起拖鞋準備追殺行動，但可能剛剛吃得太飽，動作遲緩了一點，竟然給它高速竄進衣櫃底裏，個多小時後仍然沒有出來。我的家人們都決定放棄不理了，但我還是寸步不離，守在衣櫃旁邊，一心要等它出來，即行擊殺。

那天晚上我本來跟友人們約定了一起去踢足球，然而橫生枝節，我決定致電友人們說因急事不能出席。如是者等了足足兩個多小時，它終於竄出來！這次我準備充足，成功一擊即殺。花了這麼多時間，還犧牲了足球活動，憤怒的我不斷揮動手中的拖鞋，多次拍打在它的屍體之上。如此一來，雖然清理地板時稍稍麻煩一點，但也讓我順利發洩心頭之憤。

另一次是非常可怕的經歷，那是我在公屋居住的最後一年間發生的事。一天晚上，我正在玩電子遊戲，如火如荼之際，突然覺得有些東西在我頸後蠕動。我暫停遊戲，十分自然地用手掃一下頸後位置，竟然發現那東西在我手上行走；定睛一看，原來是一隻體型異常巨大的「美洲大蠊」！

它還突然展翅飛行起來，向着我的臉孔直撲！最後撞在我額頭上，再向上飛到我的身後。幸好當時我沒有張開口，否則飛進我口中也説不定——有跟飛行蟑螂作戰經驗的朋友們都大抵知道，它們在飛行時沒有可作預測的「飛行軌跡」。事實上，十次遇上「飛行蟑螂」的經歷中，它們有九次都是向人類的身體直撲。

至於那次跟「美洲大蠊」偶遇的結局如何呢？它迫使我放下電子遊戲，當然沒有好下場了。只是一番追殺，真的令我疲於奔命。

我遷離公屋至今已逾二十年，與公屋生活相關的種種回

憶──特別是一些瑣碎事兒，
正逐漸離我而去。然而，那些
與蟑螂相關的「戰史」，還是
歷歷在目。原因無他，蟑螂至
今仍然常見，它可不是公共屋
邨獨享的物事呢！相信我的餘
生，還是要繼續跟它們作戰。

於盛夏之時，
跟那醜惡物種進行一輪生死相搏之後，
大汗淋漓也屬自然；

由是，享受一個冷水浴，
往往是我殺生後最常做的事。

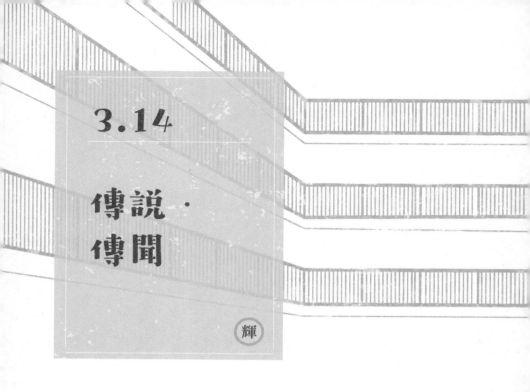

3.14

傳說·
傳聞

輝

香港不同的地區、不同的地方、不同的屋邨,都有不同的怪力亂神傳說。例如,華富邨有 UFO 出現的傳說。舊藍田邨也不例外,有一個十分有趣、十分靈異的傳說,我相信差不多所有住過舊藍田邨的居民都聽過——彩龍大戰水怪。這個傳說連曾經住過舊藍田邨第 15 座的大明星劉德華,都在一次電台訪問中提及過呢。

1970 年,當時政府為了慶祝第五百座公屋落成,在舊藍田邨第 15 座外牆畫上彩龍。傳說有一天晚上,居民驚見天上有一條彩龍與一隻水怪對打!

翌日有居民發現,剛完工的彩龍壁畫竟然傷痕纍纍。因而有居民認為,彩龍現身打敗水怪,保護藍田邨免受水浸之苦。而事實上,無論下多大多大的雨,藍田邨真的未受過暴雨成災之苦。

呵呵,其實藍田邨是很難出現水浸問題的,因為整個屋邨是依山而建,正好座落於山腰,所以下雨天時,無論雨量有多大,雨水都只會向山下流去,甚至令行人路變成小激流,可是怎也不會出現水浸。如果藍田邨真的水浸,恐怕九龍半島應該沉在水底了。

除了靈異的傳說，每個地方總有大大小小不同的傳聞，這往往都是因為人們對事情的來龍去脈不清楚，所以產生奇怪而不合理的看法。所謂「好事不出門，醜事傳千里」，人們總愛人云亦云，以訛傳訛，將壞事放大，結果就有不同的傳聞出現。

例如有不少人認為公共屋邨品流複雜，好像《古惑仔》系列電影中，黑道人物在屋邨球場橫行，在公屋的簷篷、走廊上追逐。有關公共屋邨品流複雜的傳聞或觀感，可能源自上世紀五六十年代治安欠佳，加上當時屋邨內人口眾多，生活又艱苦，真的有不少人誤入歧途。但隨着香港社會日漸進步，公共屋邨內一早已非大眾想像般如此品流複雜了。

話說在 1982 年秋天的某個晚上，我忽然聽到消防車的警笛聲，正心想哪裏發生大事。後來得知，原來在舊藍田邨的山坡旁，有一輛泥頭車被熊熊烈火焚燒至只剩下鐵架。

翌日回到學校，不少同學都在談泥頭車被燒毀一事，傳聞是黑社會人士燒車搞事；更有同學說得眉飛色舞好像親歷此事，又有不少同學信有其事。

結果，這次泥頭車被燒毀事件的真相，好快就水落石出了。因為時隔兩天之後，報章娛樂版有報導提到，原來泥頭車被燒毀並非傳聞中的黑社會人士所為，而是電影《公僕》的攝製團隊那天在屋邨的山坡旁拍攝相關情節而已。此後過了多年，每逢在電視看到這齣電影中火燒泥頭車的一幕，都會勾起童年時這個短暫傳聞的回憶。

上述一段舊事告訴大家，不要輕易相信傳聞，應該要認真追求真相。香港不同屋邨都有着大大小小各種傳聞，有待我們一一去找出真相，一起探索箇中歷史與趣味。

第四章

昔日味道

4.1
是送上門的
白糖糕美味？
還是那
人情味美味？

公共屋邨在大廈主要出入口安裝閘門來加強保安，是近十多二十年的事。在居民需要牢記閘門密碼才能進入大廈回家之前的年代，公共屋邨其實真的十分「公共」，是名副其實的「公共空間」。並非居住在公屋大廈內的公眾人士都可以隨便進出。這雖然很大程度上造成公屋的治安問題，卻同時令公屋的生活面貌豐富起來。

「公屋仔女」在某些方面比居住在保安較為嚴密的私人屋苑的朋友見多識廣，實與這種獨特的居住環境有關。

除公屋居民，甚麼人會進出公屋大廈？甚麼人都會。其中一類最令一眾小朋友期待的，是穿梭於大廈內各個樓層販賣小食或糖水的「流動小販」。此「流動小販」不同彼「流動小販」——在旺角或銅鑼灣出

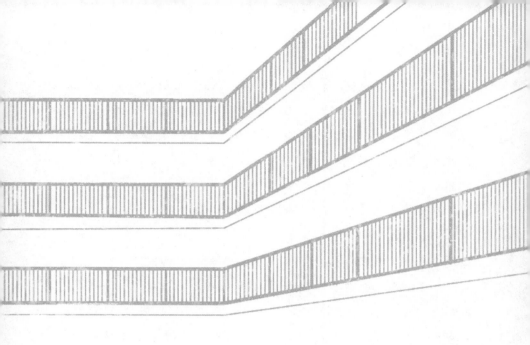

要逮着這些「流動小販」也真不容易，需要花些心神認真研究他們的工作習慣。我相信他們一般在公屋大廈的電梯大堂出發，拉着手拉車，車上盛載滿滿的小食，乘搭升降機至最高的樓層，然後一層一層往下走。他們拉着食物，在暗黑的走廊中掠過，邊走邊揚聲大叫：「白糖糕！白糖糕！」或是：「紅豆沙！紅豆沙！」

現的流動小販，再流動也會有他們自己擺賣的固定位置；穿梭於公屋大廈內各個樓層的「流動小販」，卻鮮有固定下來。他們神出鬼沒，來無影去無縱，聲到人到貨到，聲去人去貨去。他出現的那一刹那，你逮不着他，那在家中苦苦等待了半天的白糖糕、大菜糕、蕃薯糖水和紅豆沙等等，都跟你說再見了，明天請早。

之類。他們行動迅速，堪稱游擊高手。夏天時，我們會打開大門，只關着鐵閘，期待他們掠過我們居住的樓層。聽到他們那聲如洪鐘的叫聲，媽媽會把早已預備好的零錢交給我和妹妹，好讓我們叫停小食叔叔或糖水姨姨，購買食物。久而久之，我們大概能掌握他們上來販賣的時間，早早坐在鐵閘旁的地上等候他們。再過一段時間，甚至可以跟他們混熟了，他們欣賞我和妹妹總是很有禮貌，就會給予「買二送一」的優惠。我人生第一塊白糖糕，就是這樣買回來吃的。

偶爾，小食叔叔和糖水姨姨沒有來，我們苦等的食物固然落空；媽媽更加擔心的是，他們會不會因為身體抱恙，以致未能出動呢？這就是傳說中的「人情味」吧——不只是「人情」，當中還附帶着濃濃的「味」，像那白糖糕的微微酸甜、大菜糕的爽彈口感、蕃薯

糖水的丁點薑辣，還有紅豆沙的「起沙」以及那令人萬分回味的陳皮，都附帶着非常濃烈、不足為非公屋居民能道的「人情味」。那時候我們居住的公屋單位，家家戶戶都裝着一式一樣的鐵閘，小食叔叔和糖水姨姨從鐵閘的寬闊菱形空隙把食物遞進來給我們；然後我們把零錢同樣從鐵閘的菱形空隙遞出去給他們。這個傳遞的過程，不只是單純的商業行為，而是極具「人情味」的互動，充分展現公屋生活中獨特的人與人之間的緊密交流。

老實說，白糖糕的味道，並不真正深得我心。那微微酸甜，我頗受落，但不能說是非常喜歡。白糖糕於我而言，是那一份於公屋大廈各樓層間散發出來的「人情味」的表徵；也是我二十多年公屋居住經歷和回憶的集大成。今天我偶然遇上白糖糕，還是要買一件來吃，吃的大概不是糕點，而是

回憶吧？透過一件糕點來嘗試與前塵往事連結；回味一下那已經永遠不可能回去的歲月，雖然也頗為造作，卻不失為美事一樁。

小時候，偶然也會想想小食叔叔和糖水姨姨的生活環境。他們為甚麼要做這份工作呢？他們一定對自己的食物很有信心吧？糖水姨姨可能家中有三、四名子女，一家的開支十之八九全靠這門生意；小食叔叔家中可能有位精於製作糕點的賢妻，她躲在家中默默的製作，丈夫把製成品拿出來販賣，一起努力維持生計。千萬奇想，都因為既親切、又神秘的游擊商販而浮現。

此外，還有一種公屋特有的上樓販賣形式，充滿神秘感，甚至成為一眾公屋小朋友的噩夢。這個都市傳說，我是聽我太太說的，並非親身經歷。據說，有些較早落成的公共屋邨，會有商販帶着長長的「衣裳竹」，上門販賣。年輕的朋友可能不知道甚麼是「衣裳竹」；今天還可在一些舊式公屋外牆看到啊！它們是一支支很長的晾衣竹，早期公屋居民習慣把洗乾淨的衣物穿在「衣裳竹」上，然後整支「衣裳竹」插到安裝在公屋單位外牆的插筒上，晾曬衣物。販賣「衣裳竹」的商販，會拿着手鋸，邊行邊敲打「衣裳竹」，並大聲叫喊：「衣裳竹～～！！衣裳竹～～！！」據說不少小朋友都非常害怕那些敲竹聲響，我太太正是受害者之一；而商販們的叫喊聲，更是他們的夢魘！一聽到「衣裳竹」商販的聲響，立即就把木門關上。他們心想：「衣裳竹商販上來捉走小朋友啦！！」真是恐怖。

然後，上來較多的是「磨鉸剪鏟刀」，我和妹妹都害怕磨刀師的聲響，他們背着重重的輜重和器具，邊行邊喊「磨鉸剪～～鏟刀～～！！鏟刀～～

磨鉸剪〜〜！！」喊得極具節奏感。媽媽最喜歡他們，大概每個月都會叫停他們一次，消費一下。後來，漸漸的，他們都不再上來販賣了。早在公屋大廈主要出入口安裝閘門前，他們已不再上來。大抵經濟轉型，令「人情味」慢慢消失得無影無縱。到了世紀之交，公屋大廈來了很多不速之客，我們經常在樓梯間發現用過的針筒，治安響起警號。未幾，那些重門深鎖的密碼閘門相繼落成，陌生人再難輕易進出大廈。

「白糖糕〜〜!！磨鉸剪〜〜鏟刀〜〜！！」我現在偶然還會有幻聽，好像突然聽到這些聲音。回憶，果然是一種病。

公屋樓層的走廊，門當戶對，居民行動、
交流之地，充滿人情味。
（攝於 2011 年 7 月 21 日）

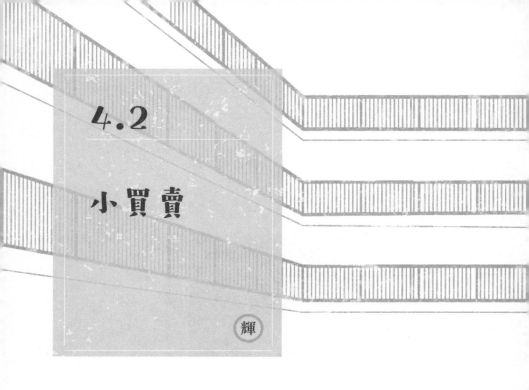

4.2 小買賣

輝

《周禮·天官·太宰》：「六曰商賈，阜通貨賄。」商賈，是古代對商人的稱呼，釋為行商坐賈：行走販賣貨物為商，住着出售貨物為賈，二字連用，泛指做買賣的人。由古至今，人們在不同時代，不同地方，為了生活都要找不同的出路、方法，其中的一個出路就是在家附近，或者家中做買賣，謀生糊口。

香港早年興建公共屋邨，鮮有現在的冷氣商場建設。屋邨內的商店，多散落不同大樓之下，街市的位置更在屋邨一隅。與後期及近年興建的屋邨設計，大相逕庭。我住的舊藍田邨，無論食店、商店都分佈在不同大廈之下，而家住的第15座沒有與其他大廈相連，所以商店相對少，只得一間國貨公司、一間士多、一間文具店、

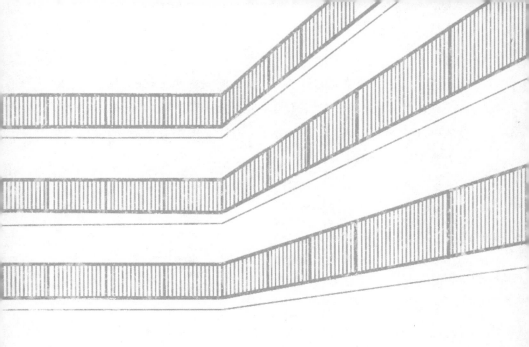

兩間診所、一間燒味店及一間迷你中式酒樓。這樣的規模，只能勉強應付生活所需。我記得有不少街坊，索性在屋邨中做起不同的小買賣來。

當時最多人推木頭車做賣買，當中最熱門是賣車仔麵和勁辣魚蛋。我小學時是讀下午班，基本上早午晚三餐都是在家中食用，鮮有在外用餐。當時小學上課有長短週，長週的話就是星期六上午上課，而這長週就成了我出外吃早餐的機會，我可以買樓下的車仔麵當早餐——兩個粗麵加牛腩。雖然我要站在街上吃，有時甚至是冒着嚴寒的日子，但在寒風中我仍感到溫暖。車仔麵檔是跟我住在同一座大廈的夫妻經營，所以大家經常都會碰面。每朝早，他倆就推着木頭車，泊在大廈旁，售賣車仔麵，風

雨不改；他們憑着賣車仔麵養活一家。某年九月早上，我發現他們的木頭車不見了，兩人也不見蹤影。一天、兩天、三天……不知過了多少天，他們仍然沒有出現，心裏滿是疑惑。至新年前，我在大堂等電梯時，赫然見到車仔麵檔夫妻現身，但是太太已是坐在輪椅上，丈夫則在小心照料她，真的鶼鰈情深。當時在大堂的街坊眾人，未必每位都真的認識這對夫婦，但大家都紛紛上前問好。車仔麵檔的丈夫說，他們二人趁暑假去了泰國旅行，可是太太不幸中風，在當地留醫多時，幸運地可以在新年前回港度歲，不過太太如此情況，不可以再開檔賣車仔麵了，要好好照顧太太。

除了這檔木頭車車仔麵檔，我就讀的中學附近都有車仔麵賣，不少同學午餐都會吃車仔麵的，只因它又快又平。當時中學附近的車仔麵檔，是一位姨姨經營的。車仔麵檔姨姨對我們一班學生都不錯。我們當中有一位同學，要儲錢買東西，因此天天都去光顧，每次都要七個淨粗麵，一共不過 3.5 元。因為七個淨粗麵實在太多，一般麵碗無法盛載，麵檔姨姨特地為那同學買了一隻特大麵碗，供他專用。大家可以想想一次過吃七個粗麵的畫面，還有那特大麵碗，何其壯觀也！

除了車仔麵，我特別有記憶的食物，是位於樓下公園，一位婆婆在夏天時總會提着一個紅色膠桶，桶內是雞蛋型膠外殼的大菜糕雞蛋。那大菜糕雞蛋是冰凍的，當我在公園玩耍時，每每看見不少小朋友嚷着父母買。我和哥哥也曾經多次嚷着媽媽想要買來試試，可惜每次都是失敗告終，我從來沒有機會嚐過婆婆所賣的冰凍大菜糕雞蛋。不過，媽媽總是盡量滿足我們四兄弟的願望，某天放學回家，她竟然親手造了一大盆大菜糕，給我們大快朵頤。那味道，至今不忘。

除了售賣食品，有的會
上門磨剪刀，有的上門賣曬衣
竹……屋邨內的居民，總是懂
得利用自己所長，養活自己、
養活一家。

我特別有記憶的食物，

是位於樓下公園，

一位婆婆在夏天時總會提着一個紅色膠桶，
桶內是雞蛋型膠外殼的大菜糕雞蛋。

我們都是這樣在屋邨長大的

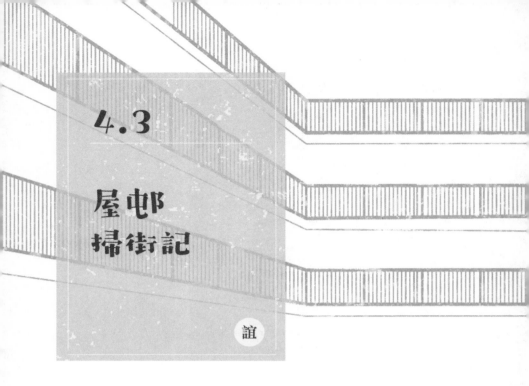

4.3

屋邨
掃街記

誼

「掃街」，是不少香港人喜歡的活動。這種放任自由的進食模式頗是有趣。通常我們「掃」的都是流動熟食小販的攤檔，他們的衛生程度當然沒有保證，但一眾老饕食指大動時又豈會理會？

在我以前居住的沙角邨，也有不少這樣的流動熟食小販。雖然，小時候的我不至於太喜歡「掃街」，但也會不時光顧這些小販。沙角邨的小販檔通常聚集在大街的巴士站旁，每

逢入夜，他們便漸次出沒開檔。那時我頗喜歡吃魚蛋，有時與父母上完街，在巴士站下車時總會難抵那魚蛋香味，尤其在寒風凜冽的冬季，縷縷熱氣從魚蛋車中上騰；每有巴士到站，魚蛋攤檔甚至會出現一條小人龍，饞嘴的街坊都抵不住魚蛋的引誘。我很喜歡看小販「串魚蛋」的過程，他熟手地將沸湯中載浮載沉的魚蛋串合為一，街坊接過後便一臉滿足的離去，那是一幅幸福的冬日圖畫。

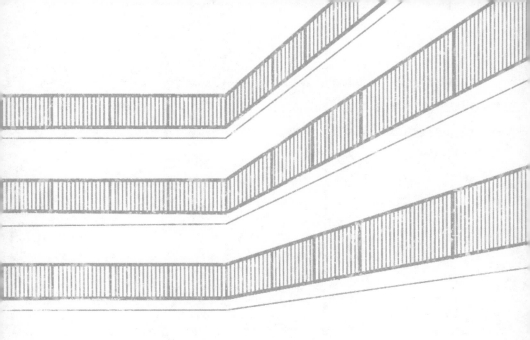

魚蛋攤檔的鄰居是賣雞腳、火雞腎、生腸和墨魚的。那種橙色的滷水食物香味不及魚蛋，但咀嚼起來甚是爽脆，有一種暢快感。我吃這個不及魚蛋多，住在沙角邨近二十年，只嚐過兩三次，原因是媽媽總會警告：「這攤檔很不衛生，千萬別吃！」我不知她的證據在哪，不過，我確是試過吃過後肚子極痛，嘔吐大作，更嚴重到要入醫院看急症，自那次因饞嘴而得了腸胃炎後，我便再也沒吃過那東西了。

沙角邨的街邊流動小販也會盤踞於雲雀樓公園外的巴士站旁，這裏賣的通常是碗仔翅及燒雞翼。

碗仔翅當然是我的最愛。小販將「翅」放在搪瓷臉盆中（完完全全是用來洗臉、洗腳的那種）烹煮。與喜歡看魚蛋小販串魚蛋無異，我很喜歡看碗仔翅叔叔賣翅的過程，喜歡看他在燙熱的翅中攪動勺子，然後把翅舀出來放在碗中；顧

客隨意加點醋、胡椒粉或麻油，那香味往往穿透鼻腔，直達五臟，這個時候，我的胃和腸簡直已經按捺不住，急急召喚碗仔翅了。有時再餓一點，我會點一碗魚肉碗仔翅，那種充實的感覺亦會加倍。

此檔的隔鄰偶然會出現烤肉檔，賣的不外乎是燒雞翼、雞翼尖等食物。燒烤的炭焦味無可否認是相當吸引，但我卻只愛聞而不愛吃。印象中只有一次見鄰居賣，於是我又買一支雞翼尖嚐嚐（盛惠一元）。雞翼尖沒有甚麼肉，幾乎只在啃骨頭，不過這正是它的趣味所在。

在雲雀樓公園的迷宮旁，有時會有一位中年姨姨賣大菜糕。她把一個個雞蛋形的膠殼堆在膠桶內，你買多少個，她便剝開多少個給你。大菜糕有哪幾種口味呢？還是只有原味？這個我不太記得了，反而到了長大後我仍思考着這蛋形大菜糕的做法呢！

除了這些流動小販，我也極喜歡流動軟雪糕車。以前住筲箕灣唐樓時，離我家不遠處便不時停泊着一輛雪糕車。車子播放着恍如音樂盒裏的音樂，那時我不知那是甚麼曲子，只是每次聽到，便知道雪糕車又來訪了。搬到了沙田，想不到它又來了！它多會停泊在沙角邨內馬路的近出口處，亦即我家樓下。炎夏吃軟雪糕的記憶反而不深，在腦海中仍存留的是在嚴冬中品嚐的滋味。我曾多次在寒風中和哥哥上街買「珍寶橙冰」，它有着非常親民的價格（好像是 $1.5），在北風中吃着冰直讓自己與環境融為一體，很爽！當然 $2.5 一個的招牌軟雪糕也是我們的至愛。直到今天，每當我聽到雪糕車專屬音樂《藍色多瑙河》由遠至近傳來，當年在寒冬中吃冰、吃雪糕的片段就會慢慢浮現——縱然橙冰和軟雪糕價格今天已上漲不知多少倍了。

現在的公共屋邨，還有這些可讓街坊掃街的美食嗎？

車子播放着恍如音樂盒裏的音樂，
那時我不知那是甚麼曲子，

只是每次聽到，

便知道雪糕車又來訪了。

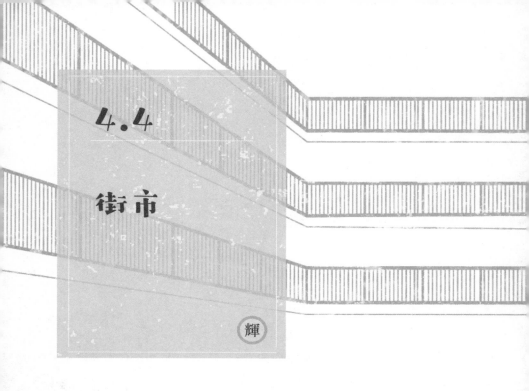

4.4

街市

輝

　　早前香港中學文憑通識教育科公開試，其中一道題目是傳統街市與現代街市的比較。這個議題很貼近現實生活。我回到學校，跟同事、學生討論這議題，大家都有不同的看法。八九十後的同事，他們在新市鎮屋邨成長，眼中的傳統街市已經是井然有序的屋邨街市或市政街市大樓；千禧後出生的學生們，則大多很少與媽媽或家人逛街市，幾乎對街市毫無概念，更有學生以為大型超市就是街市——學生們認為大型超市中，有魚、肉和蔬菜等販

買，與街市無異。呵呵！我真的不得不認老，我與他們的距離實太遙遠了。

　　兒時家住舊藍田邨，街市設在屋邨的第1、2座之間，部分攤檔為固定舖位，部分則擺在路邊，還有一些攤檔在鐵皮屋中。街市裏有乾貨、濕貨、熟食，水電維修也有。兒時的我，對街市的印象是又黑又濕，是一個又危險又不衞生的地方。小時候，媽媽要去街市買東西，但家中又沒有其他人照料我們幾兄弟，所以她會背起弟弟，拖着我和哥哥一起去。那街市

又濕又滑，媽媽十分細心為我們準備小水鞋，我們都會穿着它跟媽媽去街市。到街市後，媽媽都會囑咐我們要小心、要跟着她。所以當時的我，感到街市是一個很特別的地方。升上小學後，反而鮮有再跟媽媽去街市了。

小時候跟媽媽去街市買菜，其中一個印象是檔主們會用鹹水草綁好食材，讓客人拿回家。以前的街市少用膠袋，無論鮮魚、菜或肉，差不多都是以鹹水草綁好，真的環保。早前有環保人士呼籲，少用膠袋，重用鹹水草，但是現在有多少人還懂得用鹹水草綁住各式各樣的食物？

升中後，因為學校鄰近街市，所以又多了機會去，不過不再是跟媽媽前往，而是與同學、老師到街市買零食、吃糖水。舊藍田邨的食肆分佈在邨內不同地方，此外還有熟食市場，但仍有好些食店身處街市裏。

中學時代，到街市光顧最多的小店，就是糖水店。糖水店在鐵皮屋內，店內沒有裝潢可言，也沒有冷氣，只是簡簡單單的放了數張摺枱和摺櫈。

因為小店就在街市中，不少人會行來行去，附近亦有不少叫賣聲，「人氣」十足。因為早期藍田邨的食肆數量不多，也沒有連鎖快餐店或咖啡店，放學後要找個地方聚腳真的有點困難。所以同學們總愛到街市中的這家糖水店，吃一碗糖水，在店中聊聊天，這樣的生活已經感到十分滿足。

我最喜歡吃兩溝糖水，因為一個價錢，就可以吃到兩種款式。有一次，一班同學放學後又到糖水店光顧，大家都要了不同的糖水。不知道哪一位同學發起溝糖水，結果大家將各位同學的糖水互相分享，每一碗糖水都有五、六種不同糖水的味道。現在雖說不出那是甚麼味道，但是點點滋味仍在心中。

現在藍田邨的傳統街市已經變成現代街市，我的母校也搬了。無論母校的學弟們，或者藍田邨的居民，午間要吃甜品的話，大多數會光顧連鎖快餐店或咖啡店。街市，已不是聚腳的地方，昔日的味道，只能在記憶中搜索了。

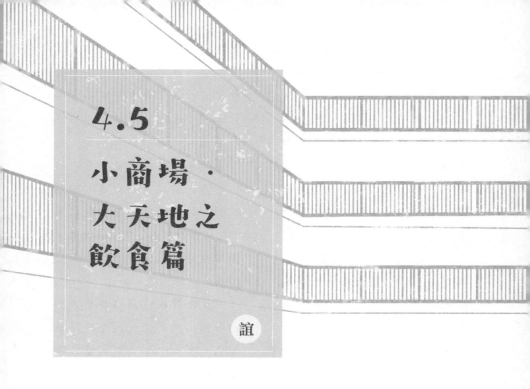

4.5
小商場・
大天地之
飲食篇

誼

我住的沙角邨有一個面積不小的商場，這個商場，是我童年回憶的一塊重要拼圖，沒了它，那十多年的公屋生活也就缺了一個重要部分。

作為一個屋邨商場，沙角商場規模不算龐大，至少比起同處沙田的禾輋商場，二者面積實不可同日而語。不過，要滿足居民衣食住行等日常生活所需，它已綽綽有餘了。沙角商場大概有 30 間店舖左右，店的種類亦相當多元。就讓我從

記憶中最先浮現的食店說起。

首先嗅到的是牛奶味。淡淡的奶香中夾雜着士多啤梨、蜜瓜、雲呢拿、朱古力等不同的味道。店舖的櫃台上放着一個流水擺設，潺潺流水聲加上甜甜的滋味，是童年時夏天啖着雪糕的幸福回憶。多次過門而不入，但父母應該留意到我和哥哥眼神透出的渴望，一天，他們終於領着我們光顧了。老闆是位中年大叔，甫進店，便邀請我們坐下堂食，不知是我

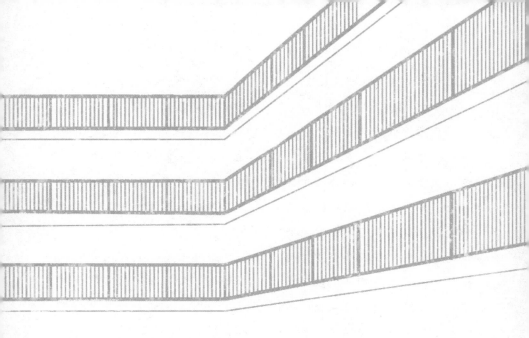

們點餐時表達不清還是怎樣，原本點的單球雪糕竟然變成加大碼，當下心中涼了一截，深恐價格太貴，害爸媽多用了錢。記憶中，一家四口吃了五十多元，在八十年代初這不是小數目啊！於是，舌頭遺留了甜蜜味道之餘，心中也滲出點點內疚，以後也就再沒光顧這家雪糕店了；它也不長壽，經營兩三年便關門大吉。同一位置之後換成美容店，每次經過，那雪糕店的專屬味道與回憶彷彿仍散落四周，縈繞不止。

關於吃的，還有它——一家上海菜館。它與雪糕店一樣早夭。記得剛搬進沙角邨時，爸爸媽媽帶我們吃過一次，很少上館子的我們，後來也只再光顧過三數次，然後這間家庭式經營的菜館就沒有了。搬進沙田後才第一次知道有「上海菜」這東西，以前小腦袋中關於食的世界全都是媽媽煮的家常便飯，後來才慢慢知道，食的天空是如此廣闊和高深。在

上海菜館旁邊是腩汁芬芳的麵店，牛腩汁鑽進空氣隨意舞動，再肆意躍進我們的鼻腔，更黏附住我們的衣衫，我們牢牢的被這氣味籠罩住！這麵店生意很好，街坊都被那難以抗拒的味道誘進去吧。它的出品，無論是魚蛋粉、牛腩麵、韭菜豬紅等質素都很平均，價錢又相宜，所以在商場多次翻天覆地的變化中，仍然屹立不倒。

小時候的我，總覺得商場中有些食店是欠缺吸引力的。快餐店是其一。沙角商場有三間快餐店，我們都很少光顧，原因是我媽媽極少不下廚，我們一日三餐都是由她包辦，而且她認為快餐店的食物不健康。直到五年級的一個冬日，田徑隊隊友約我在集訓前一起吃早餐，那才是我第一次在商場的快餐店吃東西。隱約記得那一個早上我吃了火腿通粉和牛油方包。那邊廂，商場中佔地最廣的一定是酒樓，這酒樓是我家極少光顧的。父母都喜歡飲茶，但他們卻不喜歡這間酒樓，他們最喜歡在星期日天未光便拍醒我和哥哥，我們兩兄妹掛着一對惺忪睡眼，然後一家一起步行到城門河的對岸——他們喜歡新城市廣場的大集團酒樓。

除了食店，商場的中央位置還有一間店舖是跟食物有關的，那是一間裝修簡陋、燈光陰沉的零食店。店內有些侷促，絪住了一種特別的味道，是各類零食混雜為一的味道，或者說，是一種老舊的味道。店主是一位老伯伯（印象中他後來好像參選過區議員），已忘了老闆是和藹可親還是嚴肅甚至兇惡的，總之拿着零用錢的我和哥哥，望着五花八門的大小零食，甚麼沙嗲魚串呀、太空糖呀、魷魚呀、BB糖呀、爆炸糖呀，都會選擇困難，畢竟在眾多心頭好中只有足夠財力選擇一、兩款。

這個屋邨商場雖小，卻是我們孩提時代的整片天地。那

時候總以為天地間的食店不外乎這些，天地間的味道也不外乎是這些，後來當然知道了：天地以外，尚有天地。然而，這個商場，那些食店、那些食物、那些味道，在我來說，仍是佔據着天地間的中心。

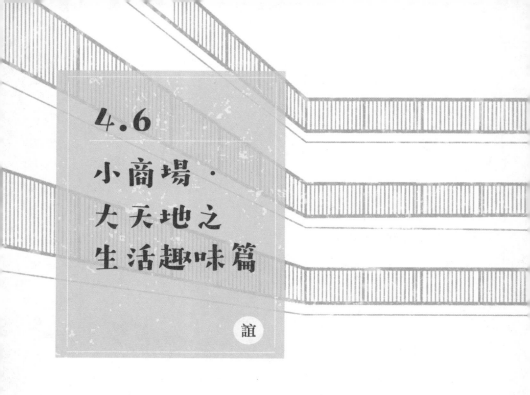

4.6 小商場‧大天地之生活趣味篇

誼

沙角商場雖然只有約三十間店舖，但「麻雀雖小，五臟俱全」，除滿足了街坊最基本的需求——口腹之慾外，商場的其他店舖也為我們平凡的生活添上不少趣味。

商場中有一家店舖面積很大，雖然它的輪廓已很模糊，但肯定它曾在這裏存在過。這是一家百貨公司，名叫「吉利市」。在一個尋常屋邨裏，它售賣的貨品算是包羅萬有了，除一般的日用品、超市食物外，

甚至連時裝亦有發售。小時候的我就最喜歡它賣的文具了。我不知道它的名字是否包含了「吉利的市場」之意，然而，吉利的名字並沒有帶給它吉利的發展。這間百貨公司只經營了三數年便關門大吉。這個偌大的舖位後來成了某大型連鎖超級市場的歸宿。

另一類我和哥哥常光顧的店舖是文具店。商場裏共有兩家文具店，它們相隔很近，中間只隔住一間電器舖。左邊那

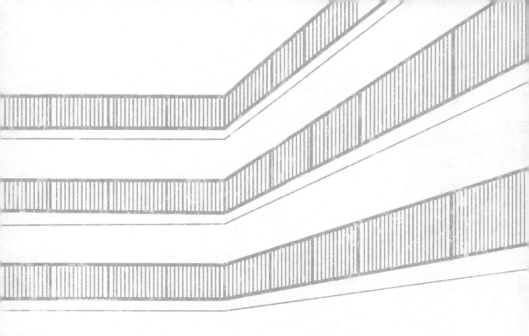

間文具店除文具外，還有不少非常漂亮但價錢不便宜的日本精品，有時考試成績好，爸媽便會給我買一些心儀良久的文具。右邊那間的東西較平實，可能較切合街坊需要（又或者它有一個很親切健談的老闆？），這一間店的生意明顯較佳。後來，兩家文具店都推出鈴鐺抽獎遊戲，大獎的大大大鈴鐺是我夢寐以求的，不過無論怎樣努力也抽不中！抽不中鈴鐺便轉投明星相的懷抱吧！偶然，

我也會在店內購買書籤。小時候看着書籤上那些語句，甚麼「夕陽很美，卻很短暫……」、「小草雖小，卻毋畏急風……」之類的，心中似懂非懂，有時覺得很文藝很有意思，有時又認為它很老套。長大了就知道，原來矛盾的東西最能撩撥人的思緒呢。

文具店附近是唱片舖。我們買得最多的，當然是不同的廣東歌專輯了。小學時未擁有「唱機」，家中只有一部「卡

式錄音機」，所以每當喜歡的歌手出碟，我們也就只能買卡式帶。我和哥哥都是流行曲樂迷，只要喜歡的歌手出碟，我們一定第一時間捧場，例如我們的超級偶像張國榮。他在華星年代曾經出版過兩張「有色」唱片，分別是 1985 年的《為你鍾情》（盒帶分別有黑及白色）和 1986 年的 *STAND UP*（盒帶分別有紫、黃、綠）。年幼的我們當然沒有財力買下不同版本，但我們確實在商場的唱片店親眼見識過不同版本！雖然不能擁有，但看到過觸摸過已然無憾！

唱片店斜對面是數間時裝店，賣的多是街坊衣裳。然而在幾間尋常時裝店外，有一家明顯的與別不同，它的裝潢頗

是雅致，衣服款式較高檔，價格當然也較高。那些略為花俏的時裝固然不是沉實的媽媽喜歡的類型，於我這小女孩而言也不合適。能教我這小妹妹雙眼放亮的是店內一個飾櫃，一個放滿 Hello Kitty、Little Twin Star 和 Melody 精品的飾櫃。走進這店，一抹抹的粉紅色就在這飾櫃流瀉出來。我怔怔的看着一個 Little Twin Star 塑膠製錢包，真的好想擁有它。看看它的價錢，不算太貴，我相信爸媽一定會買給我，但我又不好意思央求，始終這些並非必需品呢！

粉紅時裝店的對面座落了一間郵政局，它也是我常常留下腳蹤的地方。高小和初中時代，我和朋友們都很積極結交筆友。筆友可以在哪裏找？那年代有不少「電視書」，除了報道娛樂圈動態外，這類「八卦雜誌」多會有筆友欄目！我最愛看那一本的筆友欄叫「天涯若比鄰」，我在這裏結交了好幾個筆友，她們來自香港、馬來西亞、新加坡和美國，要和她們有效溝通，固然要頻繁地執筆寫信，信寫好，當然要寄信了。郵局那個寫上「本地及平郵」及「空郵」的郵箱，我也不知親手投進過多少封信。在這些信件的一往一返之間，我也漸漸明白了甚麼是「海內存知己」了。

小時候，我沒有甚麼機會逛大商場，就算以前住在港島，爸媽會在聖誕節帶我們逛置地，但那畢竟不是我們的天地。在新城市廣場還未建成之前，這個屋邨小商場就是我們購買基本生活所需、閒逛消遣，以至開始培養興趣的天地。它帶給我們的樂趣，現在回想起來，仍然叫人回味不已。

4.7

大牌檔
遇險記

* 本故事純屬史實，
如有雷同，實屬不幸。

（聰）

PG 本節內容含江湖情節及暴力描寫，年幼讀者請在家長指引下閱讀。

父老相傳，公共屋邨內的大牌檔，龍蛇混雜；「雜」得很，非常危險。

但是，健康東西不好吃，危險地方出美味。為了美食，多少英雄豪傑甘願以身犯險，勇闖龍潭虎穴。我與康輝正是當中二人。

康輝與我份屬世交，我們的媽媽是識於微時的一對好姊妹。我們一家四口遷居沙角邨的數年後，康輝一家四口也遷到鄰近的博康邨居住。那個年

代，資訊不太流通，我媽媽跟康輝媽媽在各自結婚後本已失去聯絡，但後來當我們兩家都遷到沙田居住時，她們竟然在沙角邨的街市遇上！此後一段時間，我們兩家經常互訪、一起吃飯。康輝與我同年出生，我比較多說話；他卻很文靜。一動一靜，竟也很合得來，很快我們便成為好友。

我跟康輝都喜歡吃東西——街邊小吃和大牌檔出品最合我們心意。沙角邨大牌檔

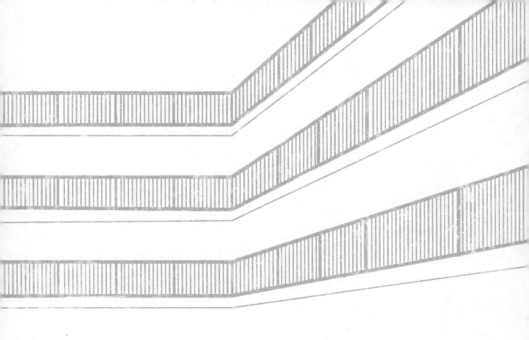

「名店」林立，又鄰近我們家，是最好的聚會地點。在最瘋狂的日子，我們差不多每星期都要到訪沙角邨大牌檔兩至三次。有時我們只吃個甜品或糖水；有時則是晚餐加糖水之旅。想要在沙角邨大牌檔吃晚飯，你不能患有選擇困難症——選擇太多，花多眼亂啊！那裏有極美味的牛腩麵、雲吞麵、燒味飯、各類碟頭飯、潮式打冷；甚至還有粥店——晚上也可以享受新鮮的生滾粥和即製腸粉，

不得了啊。

正因為沙角邨大牌檔真的是美食天堂，價廉物美，人流堪稱鼎盛，所以大家都說那處龍蛇混雜。我作為沙角邨居民；康輝則是鄰近友邨博康邨的居民，我們都不覺得沙角邨大牌檔特別「雜」。不過，我們卻曾經在那處遇險——萬幸，有驚無險，一次而已。

話說有一晚，我跟康輝如常相約在沙角邨大牌檔進行晚餐加糖水之旅。我們先享用了

享負盛名的劉 X 利麵檔的牛腩撈粗和牛肚湯麵；還加了一份炸魚皮，大滿足。吃飽以後，移步至麵檔旁邊的甜品店——它是「獨市」，整個沙角邨大牌檔，只有它一家供應甜品與糖水，所以生意絕對不俗。我跟康輝選了一張鄰近店舖門口行人路的圓枱，正欲坐下點餐，就聽到身後傳來非常急促的腳步聲。

「別讓他跑掉！斬死他！」我跟康輝先是呆了一呆；頃刻之間，就已看到一個「血人」伏在我們身後的一張大圓枱上。他喘息一刻、換一口氣，便再拔足狂奔，向着麵檔那邊跑過去了。接着，我們看到大約有六至七個紋身大漢，每人手持一把長約尺許的西瓜刀，一邊大聲繼續叫喊：「斬死他！斬死他！」一邊朝着「血人」的逃走方向追趕過去。他們一邊奔跑，一邊舉起手上的西瓜刀揮舞，刀鋒上還滴着鮮血。大牌檔的食客們都爭相走避，生

怕殃及池魚。

事出突然，一息間，本來喧鬧的大牌檔鴉雀無聲。江湖仇殺，我跟康輝司空見慣——在電影裏。親歷其境，我是首次，相信康輝也是，看他一下子被嚇至面無血色，可以得知。

良久，我們才定下神來，慢慢坐下。甜品店老闆朝着我們慢慢走來，一臉冷靜、緩緩的道：「怎麼啦？嚇怕了嗎？今晚吃甚麼啊？」我本來已經不想吃了——看着地上那些新鮮滾熱辣、剛剛才從活人身上滴下來的鮮血，而且隱約散發着丁點血腥味道，試問還怎會有胃口？甚至剛剛才享用完的牛肚湯麵也差點要奪胃而出。然而，看着老闆那一臉冷靜，不知從何以來的一股鬥氣，迫令我故作自然，微笑的道：「沒事啦，這些事情司空見慣啦！老闆！麻煩你給我一個杏仁豆腐。要冰凍的啊，別添加花奶，謝謝！」最後那句「要冰凍的啊，別添加花奶，謝謝！」還

特別説得慷慨激昂一點，以示鎮定。康輝與我心意相通，見我若無其事，也跟着朗聲道：「老闆！我要木瓜鮮奶！要大杯的，謝謝！」老闆見我們這樣，冷笑一下，轉身就往店內走。

老闆的鎮定是真的，我們是假的。這位老闆，似乎很不簡單。他手上有紋身，手臂和手背也有，大抵是位有經歷的「猛人」。他的眼神很是凌厲，如果他定睛盯着你，你會心底發毛。可以肯定，剛才發生的精彩場面，他年青時一定經歷過，而且次數不少。我當時在想，沙角大牌檔，果然很不簡單。會在這裏經營食店的人，相信也大有來頭。甜品店老闆年青時是個怎樣的人呢？江湖中人吧？他可能滿手鮮血啊！然後，到了某一天，他厭倦了打打殺殺的江湖日子，帶着跟他闖蕩江湖的妻子退隱；來到沙角邨這名不經傳的公共屋邨，用盡畢生積蓄，開了這一家甜品店。他們夫妻二人，合力研

究各式糖水和甜品，賺得多少也沒所謂，反正這就是他們嚮往的生活。江湖生活很是浪漫，浪子回頭更加浪漫，這種退隱方式更是浪漫中的浪漫。

説起在沙角邨大牌檔經營食店的老闆們，絕對不能不提我們經常光顧的麵檔老闆劉X利（又名劉萬X）先生（我相信是男性名字來吧，所以稱呼他「先生」）。事實上，我光顧多年，從來不知在麵檔裏營營役役的一眾大叔員工之中，哪一位才是劉X利先生。甚至麵檔老闆是否劉X利先生，我也不清楚；我只是一味瞎猜：麵檔的名字叫劉X利，那麼老闆當然就是劉X利了，對嗎？合情合理。我經常看到有一位先生長駐收銀處，負責為食客們結賬；大部分顧客都跟他稔熟，結賬時總會閒聊一下。他偶然會離開收銀處，跑到廚房去，消聲匿跡一會兒；麵檔內其他員工，對他都好像恭恭敬敬的，令我深信他就是劉X利先生本

尊。沙角社區坊間傳聞，屋邨停車場內長期停泊着數輛平治房車，都是他的座駕——我也曾經多次親眼看着他駕駛名貴的平治房車離開沙角邨；還有人說他居住在沙田區內豪宅林立的九肚山上。真是既神秘又富有。大隱隱於市，真的不要小覷在大牌檔裏經營食店的老闆們！那時我曾經立下宏願，將來也要在大牌檔裏創出一番**轟轟烈烈**的事業來！還要在沙角邨大牌檔內！居住在這裏；工作在這裏，一輩子也不離開這條公共屋邨，算是一項壯舉來吧？

我對這家麵檔，有着非常深厚的感情。到了今天，我仍然經常抽空回去好好享受那碗陪伴我成長的牛肚湯麵。麵檔裏有一位員工，我不知道他的名字，但光顧了這麼多年，每次去吃麵，都會跟他打個招呼。大約是 2000 年的事吧？那時我正在等待修讀博士學位課程；在那半年的「空窗」時間，我

在觀塘區一所學校裏當夜校老師，教授中國語文科，幫補一下家計。夜校每晚九時三十分下課，我都已經飢腸轆轆了，但我不會在觀塘區用餐，反而堅持每晚下課後立即返回沙角邨，到麵檔吃麵。久而久之，我跟麵檔的員工叔叔們都混熟了。我們都不知道彼此的名字，從來只是打個照面，閒聊兩句。他們經常問我：「這麼晚才來吃麵？都十時多了！這是晚餐，還是宵夜？年青人！吃晚飯要定時，小心身體呀！」然後，我慣常吃的牛肚湯麵會變大——麵條多了，偶爾還會加送兩顆魚蛋。男人之間的情誼，說話不會太多，關愛卻從來不缺。

今天偶然回去麵檔光顧，部分熟悉的面孔已經不在了，不知他們過得可好？有兩位叔叔還在工作啊！當年他們正值盛年，盛夏時都習慣不穿上衣工作，那一身賁張的肌肉，總是在一眾食客面前晃來晃去。今天他們都已白髮斑斑，但仍

沙角邨大牌檔近貌。
（攝於 2023 年 3 月 3 日晚上）

然敬業樂業。他們還認得出我啊！我們還會打招呼，儘管免費添加的兩顆魚蛋卻不見了。

在公屋的大牌檔裏，龍蛇混雜大抵錯不了。但要像我跟康輝般遇這樣的一次險，相信還是比較困難；那可算得上是非常難得的機遇。反倒是大牌檔裏濃濃的人情味，到處可見，人人有份，永不落空，而且歷久不退。

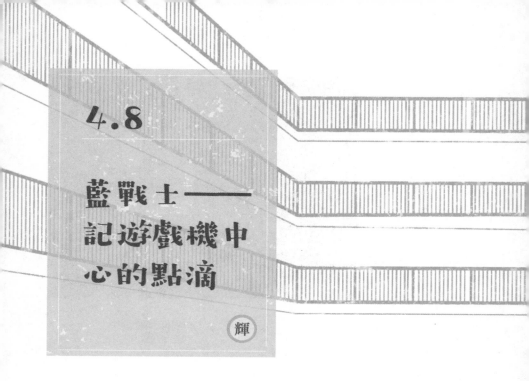

4.8

藍戰士——記遊戲機中心的點滴

輝

法例規定 16 歲以下人士不得進入電子遊戲機中心,所以我第一次進入遊戲機中心,已是在考畢會考之後,同學帶我到觀塘的「機舖」見識,自此我就不能自拔,愛上在機舖流連。公共屋邨其中一個特點,就是所有店舖都是「正經」商店,被視為「不太正經」的遊戲機中心難容於邨內。作為藍田邨的青年人,一定記得區內唯一一間遊戲機中心——「藍戰士」,大家想玩《1943》、*Street Fighter* 等電子遊戲,最快最方便就是去「藍戰士」。嚴格來說,「藍戰士」並非位處藍田邨,而是身在藍田首個建成的私人屋苑啟田大廈中。

當年機舖內的遊戲機,無論款式、音響和燈光效果,都較家庭式遊戲機優勝百倍,故年青人大多甚愛「蒲」機舖。但是,「藍戰士」始終是間蚊型遊戲機中心,機種不多,高手也少,所以會考後的暑假,一班同學無所事事等放榜,經常做的就是相約到區外的遊戲機中心增廣見聞。因為我們一班同學都是住在藍田,一行五六人就相約一起乘坐巴士前往旺角,由彌敦道開始步行,沿路經過數以十計的大型遊戲

機中心，一些是兩層的、一些是在地庫的、一些是過千呎的……。我們走進不同的遊戲機中心，消磨看似無限的青春。行行重行行，大夥兒通常行到黃昏，來到紅磡區，然後乘坐巴士返回藍田邨的老家，這樣就可以消磨半天了。日復一日，那年暑假就是這樣度過。

會考過後，升讀中六，已沒有可能經常由旺角打到紅磡，心裏卻經常心思思、手癢癢，所以多去了「藍戰士」。機鋪內有一現象，就是每當有高手出現，就會吸引很多人圍觀，然而「藍戰士」的地方真的有限，不似旺角、油麻地的大場，所以即使打機屬害，也沒有足夠地方讓人圍觀；就算要跟機，因為地方小，想伸手放硬幣在屏幕上也有點困難。我最愛晚上大約九點半左右離開自修室，與好友到「藍戰士」玩一局《1943》，這段時間人流比較少，就算要跟機也很快，每晚我們見到大和號沉船才會心滿意足地離開。

在「藍戰士」裏經常會遇到兩件大家都不想遇到的事情，這兩件事情反而在旺角、油麻地、紅磡等地區的遊戲機中心鮮有遇到。第一件事就是警察入遊戲機中心查身份證。因為遊戲實在太吸引，所以不少未足十六歲的年青人都會偷偷進入機鋪，若被警察捉到，難免會十分麻煩。我不怕查身份證，但當警察到來時，遊戲機中心要亮起所有光管，方便查證，同時所有正在打機的人都要停手，哪管你就快「爆機」！中心職員亦會關掉每一部遊戲機，如果剛入錢的話，就只好說聲不好彩了。第二件最不想遇到的事情，就是遇到「不文明」的對手。當時最流行 *Street Fighter*，採三局兩勝制，文明對手一定讓大家可以打足三局，大家先各勝一局，最後一局才分高下。但不文明的對手只知取勝而不懂禮數，乾脆連勝兩局，確保自己不會離場。

當年每晚都到「藍戰士」，還因為一個特別的義意——會考過後，同窗好友各散東西，到了不同的學校升讀中六。雖然大家可以在溫習室一起溫習，但難高談闊論。不過，大家聚在「藍戰士」就可以一邊打機，一邊談笑，盡興而歸。

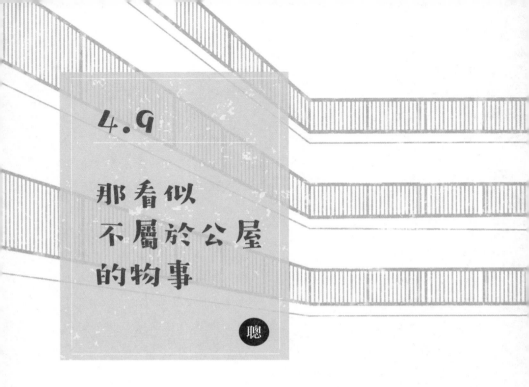

4.9

那看似不屬於公屋的物事

聰

這篇文章的題目有點奇怪，甚麼是「那看似不屬於公屋的物事」？有甚麼東西應該是屬於公屋的？又有甚麼東西不應該屬於公屋呢？這個問題，涉及對於「公屋文化」的理解；相信每一位曾居住在公共屋邨的市民心中，都有屬於自己的答案——即使是同一家人，每位家庭成員的答案都不盡相同。

我相信一個假設：香港的公共屋邨有一個普同的興建目的，但是每一個公共屋邨，都

有它獨特的文化，處處別樹一格。同樣位於沙田，瀝源邨與其相連的禾輋邨就截然不同；隔着一條城門河的對岸，沙角、博康和乙明三邨鄰接，是公認的一個偌大社區，三邨居民於區內頻繁交流；但相信沙角人、博康人和乙明人，都認為自己居住的那條邨獨具特色，與眾不同。

很多年前，我經歷了一件令我感到非常震撼、與公屋居住文化息息相關的事。當我知

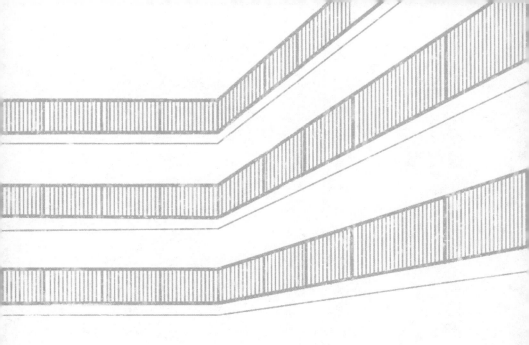

要撰寫這本跟公屋生活與自身成長有關的小書時，我已立定決心，要把這件事寫出來——當然，當年我看到這個震撼的畫面時，我根本說不出它與公共屋邨之間的關係。我只是覺得：「有趣啊！也很神奇！為甚麼會有這樣的設計？我在沙田可看不到這個情景。」

那是一個名叫「安定」的輕鐵車站。忘了那一年，我跟幾位好友決定要去屯門看看——對於沙田人來說，屯門是非常遙遠的；據說對於屯門人來說，香港處處都是遙遠的。要前往屯門的原因，我早忘了，很有可能是因為大夥兒出來聚會，想不到有甚麼好玩，不如就找個遙遠的地區探訪。從沙田去屯門，閒逛一下；再從屯門返回沙田，相信也足夠消磨一整天了吧？最後，我們的如意算盤打得響極，探訪屯門一役，可說是早出晚歸。行程的細節，也盡忘了，唯有一個安定車站，震撼心靈至今。

《維基百科》〈安定站〉詞條中載：「安定站是少數完全融入周邊建築的輕鐵車站之一。」 真是超級精準的形容。當年震撼我的正是這個畫面：車站有扶手電梯直達商場二樓；月台設有行人路，連接商場地面的店舖，而在地舖旁邊，竟然就是某座公屋大廈的入口，非常可怕！我那時就設想，如果居住在這座公屋大廈，生活會是怎樣的呢？大抵從市區下班回家，經過漫長的屯門公路，到達屯門後轉乘一程輕鐵，回到安定站，甫一下車，非常便利地在自己居住的大廈樓下購買一些日用品，稍移——真的是稍移玉步就可回家。方便啊！感覺就像乘搭火車直達大廈升降機大堂一樣，真是瘋狂。對於非屯門居民來說，輕鐵是一件非常有趣、難以想像而又極具吸引力的物事。

後來，我每認識一位居住在屯門區的朋友，都會訪問他們的「輕鐵印象」，他們對輕鐵卻褒貶不一。有朋友跟我說，輕鐵基本上是方便的，它連接了屯門區內大部分公共屋邨——屯門作為一個新市鎮，公共屋邨是構成這個新市鎮的最重要建築群。因此，輕鐵對區內交通貢獻殊大。但同時也有朋友跟我說，輕鐵的興築原意，是作為能夠自給自足的新市鎮——屯門的最重要交通樞紐；然而屯門市發展起來後，大多數屯門人還是選擇「遠赴」市區工作，「騎牛出城」是屯門居民經常掛在口邊的一句話；輕鐵因此未能發揮最大交通效能。甚至在部分屯門及元朗居民心目中，輕鐵是造成人車爭路和交通擠塞的元兇。作為非屯門人，沒有該區充足的生活體驗，對於屯門朋友給予輕鐵的兩極評價，我只有聽的份兒。

然而，看見在公共屋邨的範圍內出現鐵路路軌，始終是一件非比尋常、耐人尋味的事情。原因很簡單，除了輕鐵途經的地區外，我們應該不可能

在公共屋邨的範圍內看到鐵路路軌。由是，在「正常認知」下，鐵路路軌也貌似不屬於公共屋邨所有的物事。然而，那個完全融入公屋建築的安定站，又偏偏活像公共屋邨的一部分。這種感覺，很是奇怪。鐵路路軌出現在公屋大廈旁邊——甚至非常靠近大廈的出入口，成為我十分憧憬的畫面。

這個畫面，真的存在於現實世界！只是非屯門居民昧於世情，不知道而已。我的好友、屯門山景邨居民吳杰鴻先生，在跟我介紹我所憧憬已久的畫面時，便這樣說：「輕鐵是一個奇趣的景像。雖然它不算方便、有效——因為錯過一班列車，就要呆等八至九分鐘才有另一班車進站，那令人折騰的感覺太深刻。但對於山景邨來說，輕鐵卻是廣大居民一大命脈。很難想像，山景邨範圍內到處可見輕鐵路軌，它們穿梭在高樓大廈之間。每每親朋到訪，看到這景像，都感到難以

置信。」

不過，即使輕鐵就在你家門口——基本上山景邨居民甫一下樓就可登車，也不見得真箇方便。問題在於，途經屋邨的輕鐵路線只有一條；而且班次不算頻密。杰鴻的媽媽就經常花二十五分鐘徒步前往屯門市中心購買日常生活用品，而放棄乘搭輕鐵。本來為了便利居民而興築的輕鐵，反而每每遭放棄了，豈不諷刺？

那麼，輕鐵不重要了？當然又不是。基建本是為了方便人類活動而設，但人類當然有權利選擇使用與否。在屯門和元朗，輕鐵始終是非常重要的交通工具。對於杰鴻來說，它或許還有文化意義：「輕鐵的獨有存在，是屯門人記憶的重要構成；也給予香港其他地區居民對屯門存有一個想像空間。曾幾何時，我見過一群少年悄悄闖進輕鐵鐵路站內興奮自拍，我對他們的行為感到莫名震撼。」我相信，對於山景邨

居民來說，那朝夕相對的輕鐵，縱然非常神奇地穿梭在邨內的大樓之間，但隨着時日飛逝，再神奇有趣的東西都歸於平平無奇。然而對於非邨民來說，在公共屋邨內看到鐵路路軌，真是奇事一樁！再因為輕鐵穿梭其中，山景邨不是一個平平無奇的公共屋邨——輕鐵是這條公共屋邨的重要 Icon。

在公共屋邨裏成長與生活，是有機的、充滿生命力的，而且滿載獨特記憶。構成這些重要回憶的，或許是我們所住的屋邨內的重要地標、著名食店；又或者是足以構成某一種獨特身份認同的種種生活元素。公屋的興建，有其普同原因——讓香港市民有安身立命之所，得享最基本的生活所需。然而，更進一步設想，大抵每個公共屋邨，都有展現它獨特一面的元素。那看似不屬於公屋的物事，出現在公屋範圍之內，往往成為某一個公共屋邨的最大特色：文化 Icon 因而形成。

環顧香港的公共屋邨，儘管在建築與設計上沒有多大差別，但若細心觀察，大抵可以窺探其獨特之處。不過，構成每個公共屋邨與眾不同的元素正在逐漸消失。當我們到訪不同地區的公共屋邨，看着雷同的建築物，光顧千篇一律的連鎖快餐店和超市，當然不是味兒。輕鐵路軌看似不屬於公屋的物事，但它為屋邨帶來令人驚異的獨特性；相信對很多人來說，連鎖快餐店和超市也不是屬於公屋的物事，它們為屋邨帶來共性，代價是不斷扼殺構成我們情感與回憶的個性。複製、複製與複製，就是我們身處這個時代的主旋律。

從吳杰鴻先生的住所向下望，可以看到鋪設於屯門山景邨內的輕鐵路軌。
（攝於 2018 年 9 月 21 日）

令筆者非常震撼的畫面——位於屯門山景邨街市與商場下的輕鐵路軌。
（攝於 2018 年 8 月 23 日）

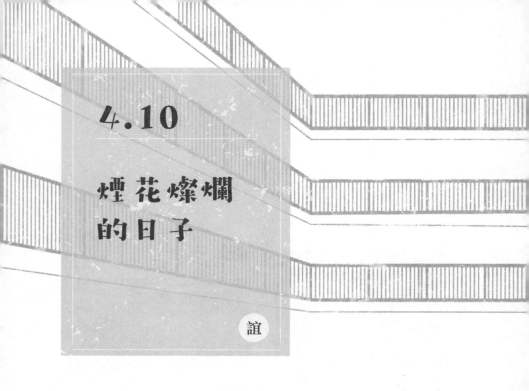

4.10

煙花燦爛
的日子

誼

記得大約在 1985 年歲首的一晚，我們一家四口，和一眾沙田街坊擠在沙燕橋上，觀賞了一場煙花表演。

如今記憶已經非常模糊，只記得沙燕橋上擠得人貼人。「嘭」的聲響此起彼落，大家都抬起頭，邊仰望着城門河上的天空，邊發出「嘩嘩嘩」的歡呼聲。紅、綠、藍、金、銀、紫的閃亮緞帶被發射上天，交織出如流星、如瀑布、如花朵的璀璨圖畫。恍若煙草的火藥氣味籠罩着周圍，人聲鼎沸，似遠還近，為這初冬夜晚添上了幾分魅惑。

煙花匯演圓滿結束，而我煙花燦爛的日子，才剛剛開始。

這一場在城門河上第一次，也很可能是最後一次的煙花表演，是慶祝 1985 年日本百貨公司八佰伴進駐剛落成的沙田新城市廣場的開幕慶典。自此，新城市廣場和沙田市中心便成為了我們常常駐足之處。

在新城市廣場落成前，我

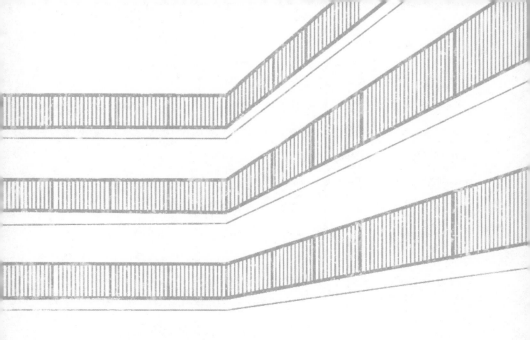

也不是沒有逛過大型商場和百貨公司，以前住筲箕灣時，爸爸媽媽都會帶我們逛置地廣場和松坂屋，但這些對我們而言實在太「高檔」，往往只有逛的份兒。而搬到沙角邨後，最常逛的則是沙角商場，其規模又怎能媲美大型商場呢？於是，我們開展了常常與新城市廣場為伍的日子。而其中去得最多的，當然就是八佰伴了。

當年這間日式百貨公司最吸引我的，非美食廣場莫屬。

相信沙田街坊定必品嚐過美食廣場的標誌食物「公仔燒餅」吧。付錢完畢，靜候燒餅時，隔着玻璃窗慢慢觀賞燒餅製作過程實在有趣。燒餅機的「核心內圍」和「核心外圍」分別排列着兩排餅模，機器會先在其中一邊注滿蛋漿，再在蛋漿上加添豆沙餡料。燒餅機轉動着，「核心外圍」那一排便會有秩序地一個一個乖乖投向「核心內圍」的懷抱。這時，濃濃的餅香已經充斥四周，鑽進我

們的鼻腔，挑釁着我們的味蕾。不消一刻，有得吃了！拿着熱燙的燒餅，看看鄰店玻璃櫃中的食物模型——不同款式的拉麵（珍寶拉麵絕對是表表者）、日式咖喱飯、刨冰、班戟，還有那些色彩繽紛的壽司……這實在是一場豐盛的饗宴。

另一邊廂，八佰伴的精品部也非常教人神往。小時候我已是文具、精品控，而日本精品又以超級精美稱著，看着那些極別緻的美物，真的眼睛放亮！老實說，比起沙角商場街坊文具店的貨品漂亮多了！於是，這裏也成了我和同學時刻閒逛的地方。

記得中二初夏五月的一天，幾位同學放學後又結伴暢遊八佰伴，逛至文具部，大家一同駐足欣賞當時非常流行的「綁書帶」，各人隨即分享自己的心頭好，一位同學問我：「你鍾意邊個呀？」我指向其中一個：「呢個靚呀！」第二天回到學校，我的桌子上竟然出現

了那一條綁書帶！「送給你的，生日快樂！」那是我第一次感受到原來好朋友送上的驚喜竟是如此窩心。

如果問我們一家四口最常光顧的新城市食肆是哪間，一定是八樓的中式酒樓了。沙角商場也有一間酒樓，但爸媽往往捨近取遠，喜歡到新城市廣場內的大型連鎖酒樓。有幾年，爸爸媽媽很愛在星期日一早，將我和哥哥從被窩中叫醒，説是要去飲早茶，於是我倆就掛着一對惺忪睡眼，跟着爸媽出發。下樓後，穿過公園，向雲雀樓方向前行，走過隧道後就是沙燕橋了。清晨的橋上，太陽才剛冉冉升起，晨光熹微，空氣中瀰漫着城門河獨特的氣味，早起的鳥兒吱吱喳喳……到酒樓時，燈還未全亮，相信員工還未到齊，竟然有一大群食客和我們一樣一早到達，大家還熟練地走到茶水間自己沖茶去。其實到現在我也不明白，為甚麼爸媽非要這樣早起不

可？莫非真的是「早起的鳥兒有蟲吃」嗎？

沙田市中心又豈只得新城市廣場可供遊逛？沙田中央公園也是我和同學常到之處。我一直認為，沙角邨的「公園」其實只是遊樂場，我們可以在此跑跑跳跳、盪盪鞦韆、玩捉迷藏，但風景並不吸引。沙田中央公園便不同了，除了兒童遊樂場外，還有一個佔地甚廣的園林，花花草草自是不可少，還有中式園林的圓拱門！穿過拱門，柳暗花明，眼前出現一個水池，水池邊佇立着涼亭，涼亭旁有拱橋，不遠處一條九曲橋已在靜候，漫步其中，便會走到另一邊的瀑布。完全不能想像在繁華的市中心裏，竟然隱藏了一個如斯美麗的花園，她恬靜又含蓄，閒逛其間，就像鑽入了時間的縫隙裏，我們幾個初中少女都突然變得秀外慧中起來。

沙田中央公園旁，座落了沙田中央圖書館及大會堂。1987年圖書館開幕，自此成為我的至愛。暑假時跟玩伴最常做的活動就是去圖書館借書，對文字的感情應該是那時候累積下來吧。相對於圖書館，同年開幕的大會堂就較少到訪了，直至中四時一次陪伴中學同學觀看話劇的經驗，慢慢開啟了我對話劇的興趣，大學階段開始更瘋狂觀劇，踏上「（偽）文青」之路。

1980 年代中，城門河上璀璨的煙花劃破長空，雖不至於對我們都能「點石成金」，但身為「屋邨仔女」，我們都在沙角商場以外發現更大的世界。這個世界比我們認知的更廣闊、更有趣，於是，我們這些小鬼慢慢懂得了甚麼叫興致，甚麼是理想，甚至開始努力建構對未來的美好想像。

是的，美好的人生想像，一如煙花，未必長久，但必然璀璨。

第五章

惦記至親

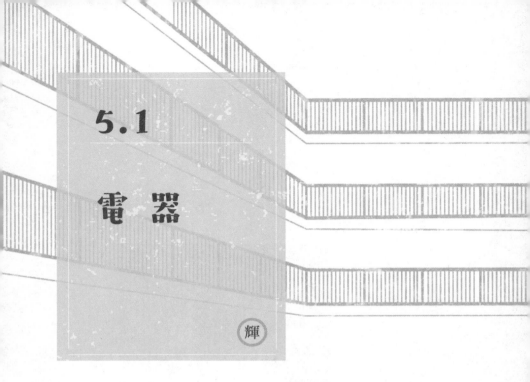

5.1

電器

輝

電視機、雪櫃、洗衣機、電熱水爐及冷氣機等等這些基本電器，相信現在每個香港家庭都擁有，甚至不少電器未壞，卻因為要換新款而丟棄或轉贈他人。

過往住公屋，最尋常的娛樂活動肯定是看電視，大家都是「電視汁撈飯」長大的；小朋友如果沒批准到走廊玩耍，就會乖乖地留在家中，然而家中難有太多玩具，最大娛樂就是看電視了。

我是一個電視迷，小時候無論吃飯、做功課或無聊時，雙眼都離不開電視屏幕。我小學是讀下午校的，因此早上多數時間都在看電視，消磨時間。有一天，我又是傻痴痴地看電視。媽媽一邊做家務，一邊嚷着：「輝，仲睇電視，溫下書啦！」我沒有反應，雙眼繼續凝視電視屏幕。媽媽繼續做家務，嘮嘮叨叨。最後，她忍不住站在電視前教訓我，怒氣稍退，就說了一個有關她與電視機的故事給我聽。

媽媽的故事發生在她年輕時，約六十年代左右。她一家人住在牛頭角佐敦谷的七層徒置大廈，因外婆早年病逝，我的媽媽除了要到工廠工作，還

要照顧家中仍然在學的年幼弟妹。有一天，她回家看見年幼的弟妹兩眼通紅，呆坐一起。她問他們發生甚麼事，最初兩人支吾以對，最後才和盤托出；原來他們放學後，因為家中沒有電視機，所以他們站在一家有電視機的鄰居門前看電視，但是鄰居不喜歡有人長駐其家門前，痛斥了他們一頓。媽媽知道後，只好好言安慰，着他們早點睡。家中沒有電視機，弟妹因而被人輕視，媽媽自己也整夜輾轉反側。第二天放工時，作為大家姐的媽媽，抬了一個大紙箱回家，紙箱中正是一部14吋的黑白電視機。這夜，媽媽和一眾弟妹就圍着小小的電視機收看節目，大家都笑逐顏開。媽媽多次強調，她當時用了足足整個月的薪金來買電視機，只因家人的尊嚴比金錢更重要。

除了電視機，洗衣機可說是「公屋十大電器」的後起之秀。年幼時住在藍田邨，那裏好些單位的廁所都十分細小，僅容得下一個人進入，所以媽媽每天洗衣服都要到廚房去。那時每次洗衣服都很「大陣仗」，要準備一塊洗衣木板、大膠盆、肥皂及長膠刷，在廚房一角一邊開着水喉，一邊親手洗衣服，日復一日；她一人要洗六個人的衣服，不是一件輕鬆的事。到了冬天，媽媽更要在冷凍的水中洗滌，好讓家中每人每天都有潔淨的衣服可穿。當時我們四兄弟，看見媽媽辛勞地洗衣服，都說要幫手，但媽媽每次總說我們洗衣服會不夠乾淨，不如好好讀書溫習……。

直至第一部半自動洗衣機在家中出現，一切就改變了。媽媽洗衣服頓時變得輕鬆。後來全自動洗衣機出現，洗衣服變得更便利。現在差不多每個家庭都會有洗衣機，甚至有乾衣機，不用像過去般全人手洗衣服了。

年紀逐漸老邁的媽媽，因科技進步省卻了不少勞務和時間，終於可以安安樂樂的，享受看電視的時光了。

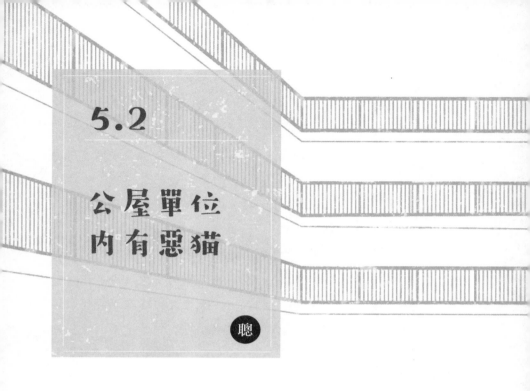

5.2

公屋單位
內有惡貓

聰

「波仔，你乖。很對不起，真的很對不起……，但你先進籠裏去吧，好嗎？我們求你了……」

波仔就是如何也不肯走進籠內。雖然牠身軀很龐大，但抱在懷裏卻是輕飄飄的；實質體重與其身軀不成正比。我嘗試稍稍動粗，直接抱起波仔放牠進籠；這小子還真的很厲害——只要牠一息尚存，相信世上還沒有可徹底壓下牠的力量。波仔回過頭來，目露凶光，右手迅速向我伸了一伸。或許這陣子我太奔波了，不在狀態，一下反應不及，左手手背即傳來刺痛，手一下子鬆開，波仔立即跳到地上，迅即奔跑開去。牠跑到廚房去，匍匐在地上，一雙明目不住盯着我和妹妹，既憤怒又恐懼似的。

「哥，現在怎麼辦了？媽媽還在醫院，又沒有人可以照顧波仔。牠又這樣……。」妹妹一下子悲從中來，說不下去。

「也沒法子啊，我們先由牠

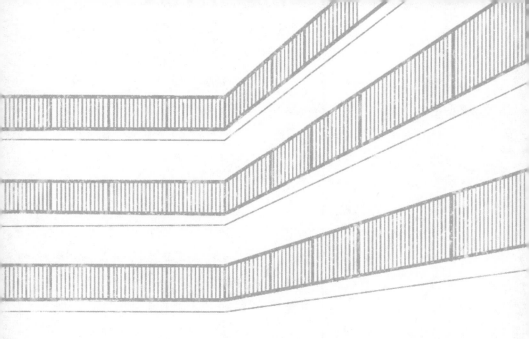

吧，我們明天再來看看如何處理。」說罷，我細心查看波仔的便盆，看到那些非常稀爛的糞便，一時淚崩起來。我清理一下波仔的便盆，便跟妹妹說：「我們先走吧，回醫院去，看看媽的情況。」臨離開前，我看着波仔，邊流淚邊道：「波仔啊！我明白你的心情。但現在的情況，我們也不知道可以怎樣處理，你的身體又這樣，你說我們可以怎辦？」

「醫生！貓貓怎樣了？牠情況如何啊？」

「范先生，對不起啊。貓貓得了重病，很嚴重的腎病和腸胃病，大抵沒有甚麼醫治方法了。你們要認真想想，是否可以讓牠舒服一點的離開？」

離開公屋老家，前往醫院的路途上，醫生的說話不斷在我腦海中反覆出現。

「醫生！媽媽的情況我們已基本了解了，接下來我們應該怎麼辦呢？怎樣做才好？」

「范太的病情是確定的了，

非常不幸，已肯定是淋巴瘤了。接下來當然就是立刻開始治療了。你們作為家屬，首要決定的是讓范太留在我們這家私家醫院裏醫治，還是轉到公立醫院進行治療呢？兩者之間，最大的分別在於醫療設備、院內設施及收費等等，你們要盡快作出決定⋯⋯。」之後醫生說的一大堆資訊，我基本上都聽不入耳了，前路如何？我很是徬徨無助。活了這麼多年，從來沒有像這趟般，感到自己原來甚麼都控制不來。這一陣子，除了哭，真是別無他法。

「別太擔心了，媽都一把年紀啦。能醫就醫，不能也就算了。現在先要好好處理波仔的事啊，牠現在這樣子，我很心痛啊。」媽媽還在發熱，有點低燒，她氣若游絲地說。我明白波仔是她心中所繫；媽媽很疼愛波仔，感情很是深厚。

「喂！公屋單位可以飼養動物的嗎？」媽媽看着初來我家、只有個多月大，不斷在大聲「喵喵」地叫的嬰兒小貓時，滿有懷疑的問道。「貓貓應該沒問題吧？又不是狗。你看牠，蠻可愛的啊。」我回答道。我其實也不知道公屋單位是否可以養貓，但反正不來也來了，難道又送牠走？媽媽凝視着小貓；良久，緩緩的道：「這頭小貓很有趣的呢！叫得很大聲，不錯。就留下來吧，要給牠起個名字啊！」之後一家人討論了很久，還是沒有定案。最後媽媽一錘定音：「就叫『波仔』吧。」「甚麼？叫『波仔』？不是吧？名字那麼土！」群眾大表反對。「我說叫波仔，就叫波仔。波仔！來啊！我來抱抱波仔。」說罷，就走過去抱起波仔了。媽媽向來有點權威，雖然大家都覺得「波仔」這個名字有點那個，但最終還是被迫接受了。波仔從此就住在范家，成為沙角邨金鶯樓三樓C座走廊間一隻惡名昭彰的大貓。

歷史證明這次收養行動是錯誤的，這頭來自街市、經

有着可愛面孔，但個性兇惡的波仔。

由我和太太（當時是女友）的中學同學兼好友介紹收養的貓兒，是我人生遇過最兇殘的寵物——事實上我自幾歲起，便不斷的在飼養貓隻；卻從未遇過這種兇殘程度的惡貓。波仔十多年來所犯下的、與其兇殘性格相關的彌天大罪，罄竹難書；曾經無故被牠攻擊而飽受身體與心靈創傷的受害者，數目有如恆河沙數。

然而，貓也如人。一生的「業」如何，最終也是一杯黃土。波仔拒絕進入貓籠的翌日，

我和妹妹再次返回公屋老家，看看如何好好處理關於波仔的事情。媽媽快將要接受治療了；波仔也已病入膏肓，醫生也着我們盡快帶牠到動物診所或愛護動物協會，讓牠能舒服地走完牠的一生。打開老家的鐵閘與大門，我們看到波仔正匍匐在自己的貓籠門前。「波仔！你怎麼啦？在做甚麼啊？」我們問道。波仔凝望着我和妹妹，低聲地「喵」了一聲，然後慢慢爬起來，拖着看來非常虛弱的身體，轉身走進籠中，然後

慢慢伏下。看到這個情景，我和妹妹都哭得崩潰了。昨天無論如何也不肯走進貓籠的波仔，是否就是想讓我們多給牠一天時間，讓牠好好懷緬一下在這個家中安然度過了十餘年的日子？牠也許自知時日無多；也知道主人跟自己一樣，身患重病，已經無力再照顧牠，所以才心甘情願地走進貓籠？牠是否知道此去不返？我們帶着貓籠，離開老家。自此之後，波仔再沒回來。

然後，媽媽展開抗癌之路。三年後，媽媽逝世。那對抗癌病的三年間，雖然偶有凶險——有兩、三次我們都以為媽媽不行了，但媽媽都堅強地撐了過去。最後媽媽雖然也離開了，但在那三年間，她過的生活也算很不錯，套用醫護人員們的說話，算得上是活得很有質素了。我們雖然傷心，但總算沒有很大遺憾。媽媽離世後不久，我們就把沙角邨的公屋單位交還政府。二十多年的公屋生活，

告一段落。

今天，我還在養貓，兩頭啊！出自同一胎的兩姊弟：姊姊灰黑色，名叫小龍；弟弟偏白忌廉色，名叫小虎。當年我恥笑波仔的名字改得土氣，原來自己為愛貓命名時，也不見得如何高明。看着那兩姊弟，很多時都會想起波仔；想起跟牠一起於公屋老家度過的十餘載歲月，也想起牠曾經犯下的種種惡行。是了，說了那麼久，究竟波仔這頭貓，有多兇殘暴戾？我竭盡所能，嘗試整理如下：

1. 波仔最喜歡攻擊跟牠熟悉的人。你愈跟牠稔熟，被牠攻擊的機會愈大。我們一家固然經常被牠攻擊而受傷——手腳上傷痕纍纍，鄰居們也司空見慣：鄰居當然也會被襲擊，夏天的時候，我們打開大門納涼，波仔有時會趁機竄出去，在走廊閒逛。牠樣子不錯的，鄰居們遇上牠都會跟牠玩一玩，

然後被攻擊，因而受傷。跟鄰居們賠不是，是我們一家常做的事。波仔因而也惡名昭彰——在沙角邨金鶯樓三樓，牠是一頭名貓來啊。

2. 有一天晚上，天氣嚴寒。波仔從廳中走到廚房，牠的主人——那位總是寵壞牠的、我的媽媽柔聲道：「波仔！天氣寒冷啊，不要走出廚房啦。」我的太太（當時仍是女友）聽到我媽媽如此說，一時動了惻隱之心，走上前打算把牠抱回廳中。突然間我的太太一聲慘叫，右邊臉頰已被惡貓的利爪劃出一道血痕。波仔逞兇後，還若無其事的在我面前步過。受害人險告毀容，兇手卻逍遙法外。面對如此惡貓，真別心存惻隱。

3. 我有一位姑媽，很疼愛我們，她有時候會來我們公屋老家小住數天。每次她來，波仔的情緒都極度不穩——牠本來已經非常神經質的了，再情緒不穩，就更加可怕。我那位姑媽人很好，只是有時開懷大笑時，會笑得大聲一點。波仔卻不容許她大笑，每次姑媽大笑時，牠就向着她憤怒地咆哮。笑也不容許，你說波仔有多專橫？姑媽曾否受到攻擊？那當然有了，來過我家的，差不多都不能倖免於難。

4. 波仔酷愛殺生——對，是酷愛。在我家中出現的小生命，只要被牠發現，都差不多注定會被屠殺。壁虎、蟑螂不知死了多少，簡直屍橫遍野。牠殺蟑螂還好，那是善舉；但殺壁虎，好像有點兒那個了。家中若有壁虎，蟑螂和蚊子都會大大減少，壁虎被殺，害蟲又來襲了。幸好，波仔對於殺生的興趣，是純天然而唯物的；只要是牠殺得死的生命，牠都不會理會對方的善惡本質。由是，有牠一天，家中小生命都滅絕了。我人生唯一一次親歷

其境看到「貓捕雀」，也是由波仔呈獻的。有一天，有一隻麻雀飛入我家廳中，我只覺眼前突然一花，已隱約看到波仔跳得極高，凌空張口咬着那隻麻雀。那麻雀最後當然是死了；那死狀，慘不忍睹。波仔嗜殺，可不只是單單於我們家中發生；居住在我們家對面的獨居婆婆，經常打開大門與鐵閘，波仔也老實不客氣，常常跑到婆婆那邊殺生。有好幾次，波仔幫婆婆捉到老鼠，受到嘉獎，這也可算是波仔少有的善舉吧？

如此惡殘巨貓，如何煉成？感謝我媽。我媽媽對波仔的照顧，恐怕用「無微不至」也不能精準形容。舉一例子：波仔用餐，可不簡單。媽媽為牠準備好上乘的「貓罐頭」，用小茶匙餵食。我有時看在眼裏，真的看不過去，會朗聲道：「不是吧？已經吃得這麼好，還要餵？」媽媽會溫柔的答：「哎呀！你看牠，牠累壞了，都不

想吃了，我就餵牠一下，也沒所謂啦。」波仔吃一丁點，會轉到另一個位置；媽媽跟在牠後面，待牠選定位置後再餵食。救命！這頭貓真是過分！幸好我們居住的公屋單位只有二百多尺，不然媽媽怎麼辦了？

波仔這頭惡貓，就是如此煉成的了。牠離世以後，鄰居們偶然也會談起牠，說起牠生前的所作所為，大家都一笑置之；笑聲中也隱含追思之意，令我們頗生安慰。波仔牠哪裏去了呢？誰知曉？或許在另一個世界，牠依然故我，作威作福，塗炭生靈。希望不會吧。

（又或許，媽媽在彼岸已跟波仔重聚了吧。）

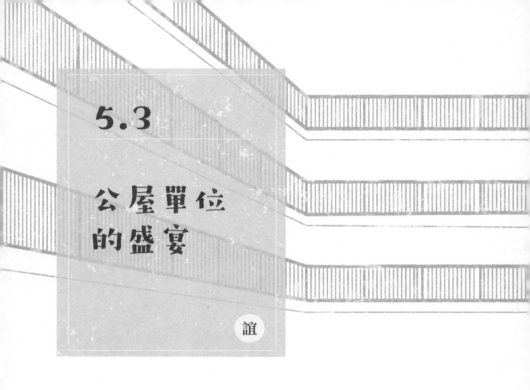

5.3

公屋單位
的盛宴

誼

住公屋的日子，我沒有甚麼「廳」、「房」的概念。因為我家只有 250 呎，未有間隔廳房，吃、睡、做功課、溫習、玩耍都在那長方形空間進行。吃飯時，我們當然也沒有「飯廳」可供用餐，我們會在沙發前打開可摺疊的桌子，然後開始「電視送飯」。電視汁固然好味道，但更好吃的，一定是母親大人烹調的美饌。

媽媽只有小學程度，但她有聰明的腦袋和嚴密的組織能力，這些除了在日常生活的細節中可見，在她做飯時更是表露無遺。她常在預備食材時對我說：「煮飯要有步驟，要善用時間，一定唔可以煮完一個先整第二個餸，否則你天光都未有得食！」是以她有能力一人煮十人的「做節飯」，而完成所有菜式後，每一道菜仍然溫熱。

「做節飯」無疑是母親主理的盛宴。她沒有甚麼特別的獨門菜式，無非都是「發財好

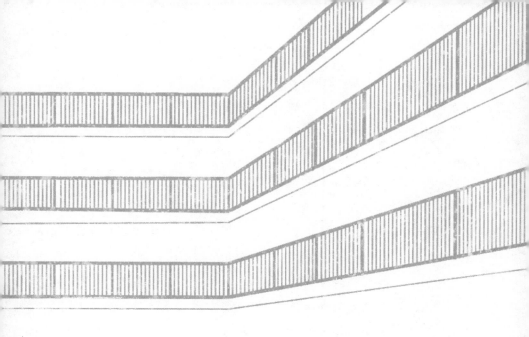

市」、蒸魚、白切雞那些，但她手藝的確很不賴，餸菜都煮得美味。我最記得她老是喜歡把砧板放在廚房的地上斬雞，她說這樣較受力，會斬得利落一些。小時候的我會待在廚房門口看她斬雞。「砰、砰、砰……」在手起刀落之間，一隻白切雞（有時會是豉油雞）已然斬好。她看着一臉饞嘴的我就會說：「雞髀拎去食啦！」於是正式開飯時，在香氣四溢的單位內，我總會帶着點點愧疚凝望那沒了一邊雞髀的白切雞……

母親大人個性開朗率真，容易相處，又好客熱情。記得我的大學好友曾數次到我家品嚐她烹調的盛宴。其中一位朋友特別欣賞我媽媽煮的豉汁蒸鱔，她可以「包辦」整碟蒸鱔，更會一邊吃一邊讚嘆：「伯母你整得好好食，下次再嚟食得唔得呀？」女兒的同學對自己的廚藝擊節讚賞，我媽竟也靦腆起來，應道：「梗係得啦，歡迎歡迎，得閒咪嚟食個家常

便飯，你鍾意食，我一定整界你食啊！」坐滿七、八人的細小單位更顯狹窄，但那溫馨卻也益發濃稠。

於我一家而言，公屋單位的盛宴不盡是以上那些。我媽曾不下一次對我說：「同你爸爸結婚之前，我完全唔識煮飯，啱啱結婚時，都係你爸爸教我煮咋！但熟能生巧，我而家幾煮得！」此言確實非虛。如果說我媽媽最成功的「盛宴」，一定是她每天煮的家常便飯。她煮飯很有效率，「三餸一湯、白飯任裝」，一頓飯往往不用四十五分鐘便準備好。有時我看她在廚房中碰碰這、碰碰那便弄好一餐晚飯。在飯桌上鋪好報紙便是開飯的時候：她煮的家常菜確很「家常」：粟米魚肚羹、蜜糖雞翼、蒸水蛋（表面平滑絕無氣孔）、金針雲耳蒸雞、香煎豬扒等等，再加上她認為湯水十分重要，所以不同種類的老火靚湯時刻不缺。事實上我敢肯定爸爸下班、我

和哥哥放學回家，最期待的就是在那小單位「開飯」，那白飯的香味混和各式餸菜的味道，拼湊成公屋生活中最幸福的滋味。一家人，經濟雖不富裕，然而，能整整齊齊地一起開飯，還有甚麼比這更值得慶幸呢？

除了一家的盛宴外，我媽媽還會為我預備屬於我個人的美味佳餚。

她是福建人，很喜歡烹調家鄉麵線，以蘸了蕃薯粉的瘦肉作佐料，這道美饌得不到父親和哥哥的青睞，卻是我的摯愛。有時在一個靜靜的下午，父親上班了，哥哥上街玩了，媽媽也約了朋友，但她定必在出門前煮一碗麵線給我。獨自在家中的我在這陋室中慢慢地吃着暖乎乎的麵線，驀然明白了「家」的真正意義，能居於這家，「何陋之有」呢？

從來，「盛宴」中的食物當然重要，但盛宴之所以成為盛宴，最不可或缺的是你與誰

共享，只要那些都是你珍而重
之的人，「蝸居」中的每一餐，
都是盛宴。

我敢肯定爸爸下班、
我和哥哥放學回家，
最期待的就是在那小單位「開飯」，

那白飯的香味混和各式餸菜的味道，

拼湊成公屋生活中最幸福的滋味。

我們都是這樣在屋邨長大的

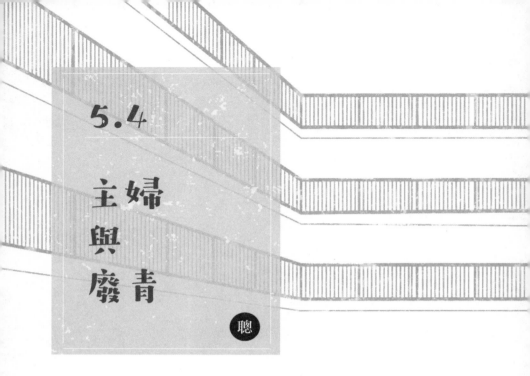

5.4 主婦與廢青

聰

「阿大少！應該起床了吧？下午三時多了！要睡至何時？你真的打算天天如是過日子？」主婦剛回到家，看見自己的兒子還沒有起床，朗聲問道。

廢青使勁地睜開雙眼——開了好幾秒，然後又緩緩地閉上。貪婪地留戀着屬於他的梳化床。

「起來吃東西吧！有你最喜愛的艇仔粥和炸兩啊！今晚更加不得了，你猜晚餐是甚麼？

蜜糖煎雞翼和粟米魚肚羹啊！怎麼了？起來吧！好嗎？」主婦真厲害啊！看見自己的兒子如斯模樣，竟然還能保持這種高度的情緒智商，溫柔地說道。

廢青聽到一連串扣人心弦的關鍵詞：艇仔粥、炸兩、雞翼和粟米羹等，不就都是人生最愛嗎？終於願意起床，移玉步往梳洗去了。

「大少昨晚究竟甚麼時候才睡啊？其實是昨晚呢？還是今天早上呀？」主婦帶笑問道。

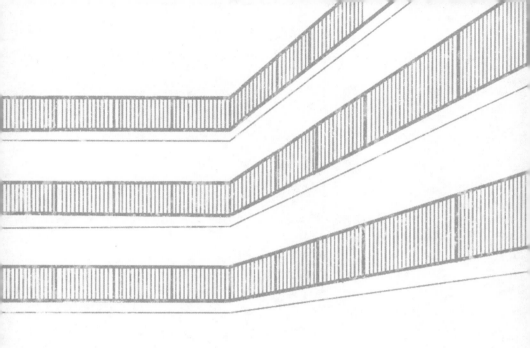

「今早六時多左右吧，不太記得清楚了，天天也差不多啦，昨天晚上要做研究嘛。」廢青一邊努力把梳化床還原原狀，一邊答道。

主婦笑說：「研究甚麼？哈哈！還不是在玩電子遊戲！這個遊戲都無間斷地玩了個多月啦！夜夜開戰，不厭倦的嗎？我真不明白這些電子遊戲有甚麼好玩，可讓你如此沉迷，正事反而完全不理。」廢青緩緩坐下，放軟身子躺在已然還原的梳化上，打了一個呵欠，答道：「唉呀！你當然不會明白啦！算了啦！你不要管我啦，好嗎？那些正事很是麻煩，我這段日子就是要先好好放空自己，把正事都攔下，然後好好調整狀態以後，再來努力處理它。」

主婦笑道：「好啦，隨你好了。是了，天天睡在這張梳化床上，腰骨還受得了吧？」

「我們這個公屋單位的面積實在太小了。爸爸已經不在

廢青、主婦和惡貓一起居住在
公屋單位的那幾年，

或許是廢青活到今天為止，

整個人生中最舒坦的一段日子。

了；妹妹又結婚遷出去，我睡這張梳化床，那就不用再找個角落來放置床架，家也感覺大了。」廢青說道。

主婦與廢青在這個公屋單位已經居住了接近二十年。數年前，一家之主因急病離世；大約兩年多前，廢青的妹妹結婚，遷離公屋單位。於是，面積約二百多尺的公屋單位內只剩三位住客：主婦、廢青與惡貓。

廢青其實也算不上太廢——在很多人心目中，也算是一位人物來啊。他正在攻讀研究院；唸歷史學博士，論文題目關於中國近代文化發展問題。但他日常花上最多時間的，不是中國文化，而是日本文化——還要是普及文化中的電玩文化。或許他堅信，中國文化與電玩文化，兩者有密切關係。

廢青最愛的，是 Play Station 電子遊戲機。他蠻專一的，多年來只玩兩種遊戲——「無雙系列」和歷代足球 Games。他熱愛電玩的程度，堪稱沉迷。在二人一貓一起居住在公屋單位的數年間，由於廢青正在攻讀研究院，時間非常彈性，可以容許他盡情享受「廢青式生活」。一般而言，廢青每天的生活日程大概是這樣的：

廢青所演繹的博士研究生日常生活時間表（週一至週五）
（註：週末、週日另有安排）

時間	活動
下午 2 至 3 時	大概在這一小時內起床，實際情況通常視乎主婦甚麼時候回家。
下午 3 至 4 時	享受主婦為他準備的豐富「早餐」——多數是粥品；偶然會是 M 記或茶記飯麵。
下午 4 至 7 時	進行研究工作——但若覺得苦惱，會臨時改為研究動漫或電玩文化；感覺苦惱的時候居多。
晚上 7 至 8 時	享用主婦為他預備的豐富晚餐——通常總有廢青喜歡的餸菜和湯羹。
晚上 8 至 9 時	主婦帶備貓糧，到屋邨附近散步並餵飼流浪貓；廢青在家百無聊賴、無所事事。
晚上 9 至 11 時	廢青如沒外出泡妞，會與主婦閒聊或一起看電視。
晚上 11 時左右	主婦就寢；廢青會再度嘗試展開研究工作——閱讀論文所需參考材料或撰寫論文——但通常極速放棄工作。
凌晨 12 時多至早上 6 時左右	廢青活動頻繁：研究工作、電玩賞析、漫畫閱讀、兄弟聚會、深夜獨遊、惡貓交流等等；通常徹夜不眠，不見日光難以安寢。

註：當然不可能每天都這樣過活。廢青偶爾會回校報到一下，以免時任歷史系系主任兼論文指導恩師周佳榮教授以為廢青已死。又：此荒誕時間表，只屬廢青專有；他認識不少研究生，他們生活正常、醉心學術，不斷精進。廢青只代表自己，不代表所有研究生；為免引起公眾對研究生生活有所誤會，特此說明。

這種生活，不是廢青是甚麼？但主婦就是溺愛廢青，覺得他知道自己在做甚麼。雖然，廢青已經不只一次清楚地向主婦表示，他自己也不知道自己在幹甚麼，但主婦就是如此盲目，她始終選擇相信自己的兒子。

事實上，主婦真的非常溺愛廢青，一直如是。很多年以前，當廢青還沒有考上大學，過着令人大叫荒謬的所謂高中

生生活時，一家之主就已經多次說過：「慈母多敗兒」。主婦也真的是位慈母；她又生性潔癖，二百餘尺的家被她打理得井井有條，物件擺放整齊，窗明几淨。一般來說，她一天至少抹兩次地，煮食後立即徹底洗淨所有用過的食具——她打從心底不能接受家居雜亂及不潔，從來沒有妥協餘地。廢青雖廢，一來得自主婦遺傳；二來受到長期與主婦一起生活的良性影響，同樣熱愛整潔。因此，雖然廢青在性格上廢得可以，但單從外表上看，一般人較難一眼就看出他的廢青本質。

表面上，主婦是一位非常普通的家庭主婦，但她其實冰雪聰明、性情豪邁，而且為人長袖善舞，極擅交際。廢青經常跟隨主婦前往某家酒樓用膳，他十分驚訝整家酒樓所有員工都跟主婦稔熟。中秋節前後，酒樓員工通常都會被管理層要求向相熟顧客兜售月餅，主婦一視同仁；每位向她兜售月餅的員工，她都購買一盒，真箇豪氣干雲！走在街上，特別在他們母子居住的公共屋邨附近，主婦每每行走約數十米，就會遇上一位相熟的街坊，自然停下來聊聊天。遇上這種情況，廢青往往會先行返家去了。因為主婦這一聊，絕對不會在一時三刻內聊完。由是，主婦每天前往街市買菜，沒有個多小時也回不了家，真是相識滿天下。廢青知道主婦知心友眾多，主要源於她的善良與率直。主婦雖然沒有甚麼令人驚歎的學歷與知識，廢青在她身上所學到的，可真多極。

廢青、主婦和惡貓一起居住在公屋單位的那幾年，或許是廢青活到今天為止，整個人生中最舒坦的一段日子。廢青有慈母無微不至的照顧；並肆無忌憚地過着他自小就已不知何故深深愛上的日夜顛倒生活。主婦用了最大的包容來遷就廢青於生活上的特殊喜好，廢青

打從心底裏衷心感激。母子始終是母子，性情總有相像之處。

主婦也是甚有個性的女中豪傑！二人一貓一起生活數年以後，廢青竟然僥倖成家，遷出公屋單位。廢青與太太於新居為主婦準備了一間上房，希望主婦遷來一起生活。然而主婦就是熱愛自由，堅拒邀請——縱然大家都知道，她其實希望廢青夫婦能享受屬於自己的、沒有別人介入的生活；總之，主婦就是堅持與惡貓繼續於公屋單位同居，過着她自己經常掛在嘴邊的——「老人與貓式生活」。

若干年後，主婦不幸得了重病，再再堅強的她也不得不接受家人照顧，度過了接近三年在醫院出出入入的日子。主婦雖然偶受頑疾煎熬，總算在人生的晚年過了一下「優質生活」；離世的一刻也十分安詳。在目送主婦辭世以後，廢青在離開醫院之際，心中想着的盡是以往跟主婦一起在公屋生活時的點滴。主婦仙遊也七年多了，廢青蠻長情的，到了今天還會偶爾回去以往居住的公共屋邨閒逛一下，重溫大牌檔的美食，好好懷緬昔日種種。

廢青今天大抵不太廢了。他雖然依舊不學無術，但他或許擁有空前的好運氣。他從來沒有想過會得到今天擁有的東西；但既然得到了，也就似乎務必上進丁點，時刻想着如何守住現在擁有的一切。無論是自發還是被迫，上進從來都是一件苦差。他今天仍然非常依賴 Play Station 啊！電玩是他減壓的最主要良方。表面看來，上進是廢青今日的人生目標，然而每當累壞的時候，他仍然非常懷念跟主婦一起生活的日子。那段可以讓廢青盡情享受自我與放縱的歲月，縱然一去不返，卻是他生命中最重要的 "Lay Station" ——一個過去了的、卻讓他能真正身心安躺的人生車站，永遠不被遺忘。

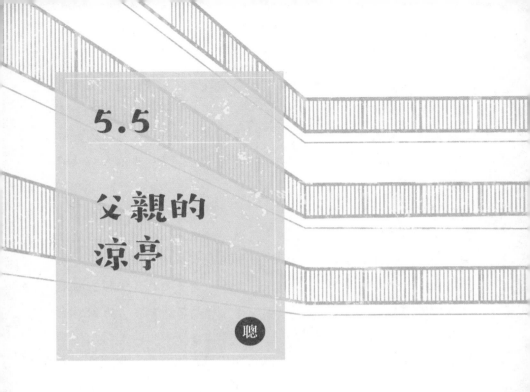

5.5

父親的
涼亭

聰

「來！一起喝啦！」爸爸拉開了罐裝「生X」（又名「X力」）啤酒，遞過來給我。我接過便說：「好！謝謝爸爸！我們乾杯啦！但為甚麼你總是喜歡『生X』？一點也不好喝！『喜X』（又名『X力』）好喝得多！」

爸爸說：「『喜X』太昂貴了吧？啤酒來說，種種也差不多啦！喝吧！」說着便大口喝下手上那罐「生X」。又道：「今晚我們父子在此喝個夠，

好好談談。還有四罐啊！哈哈哈……。」

我答道：「好啊！我渴望這樣的日子很久了！」

……突然一陣冷風撲面吹來，我猛然醒來，涼亭附近空無一人。

我偶然有空，會特意回來這個涼亭坐一下，懷念一下以往在沙田沙角邨居住的日子。這個涼亭沒有名字，我心中暗暗稱呼它作「父親的涼亭」——當然它不是屬於爸爸的，它是

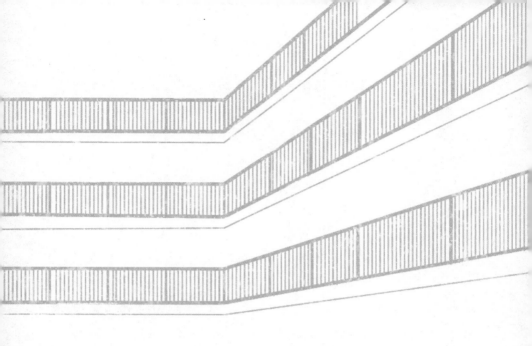

沙角邨基建的一部分；很多小朋友在這裏附近踢足球、很多伯伯會坐在這裏乘涼，我和我的鄰居——一眾公屋兄弟不時會在這裏進行深夜聚會，擾人清夢。但對於這個涼亭的最深刻印象，還是我與爸爸在這裏進行的唯一一次酒局；那是一次「破冰」聚會，自那次之後，這個涼亭就被我命名為「父親的涼亭」。

「你就是范永聰的爸爸了嗎？你聽着啊，我是 XXX（一個社團名稱）的人，你提醒一下你的兒子，着他小心一點啊！」爸爸面紅耳赤地拿着電話聽筒，聽到對方傳來恫嚇的語句。他放下聽筒，轉個頭來看着我，已經不能控制自己的情緒，破口大罵：「你又闖甚麼禍了？究竟你在外面幹了甚麼？你得罪了甚麼人？人家說自己是 XXX 的啊！你死在外面就好了，別連累家人！」我還沒有弄清楚發生甚麼事，就無緣無故被罵一頓；心中有氣，縱然心想可

能是被一些「敵對同學」捉弄吧？但也不想多作解釋，隨手拿了件外衣，轉身就離家而去。出門以後，在走廊走着，還一直聽到爸爸在咆哮。鄰居們都跑過來我家關心一下了：住在隔壁的叔叔一手捉住我，要我回家跟爸爸解釋和道歉。我用盡全身氣力掙脫他，拔腿就跑，心想：「你瘋了嗎？我為甚麼要道歉？我做錯甚麼事了？無緣無故被罵一頓，還要道歉？這是甚麼道理？」

年青時居住在公屋的我，的確反叛。無心向學是事實；有時結黨生事也是事實。但我始終相信，電話恐嚇事件來自敵對同學的籌劃。哪有社團人士這樣致電給恐嚇目標，作出恫嚇？十多歲的我，確實經常在外玩耍，流連遊戲機中心及桌球室等品流複雜的娛樂場所，也曾在這些場所內與人發生爭執。但我成長的那個時代，如果有人執意尋仇，我在外面早已被毆打多次了，怎會有人先

來致電恐嚇？他們又怎會有我家的電話號碼？又為何致電來的人能夠直接說出我的名字？疑點太多，我差不多肯定是同學們做的好事。

又有一次，我與友人在沙角邨大牌檔的甜品店吃甜品。那一個晚上，大家興致勃勃，談外星人存在與否、談鬼神之說；甚至大談我最喜愛的中外歷史。那時，我唸中五。那一個晚上談得太興奮了，一時忘形，竟然談至凌晨四時左右。我打算回家梳洗一下，就更換校服回校上課。打開家門，已經看到暗黑的家中坐着一人。他背着我，我也能明顯感覺到散發自他身上的一股火紅怒氣。甫踏進家中，心神也還沒有定下來，一張類似摺疊椅子的物體已經飛到腳邊。幸好我當年身手不凡，剛好避過。摺疊椅子撞到木門上，發出巨響。媽媽醒來了；妹妹被嚇怕，放聲大哭。活像火神附身的爸爸破口大罵，不斷咆哮：「現在都

甚麼時候了？你待會不用上學嗎？哪有人吃甜品吃至這個時間？你還算是學生嗎？還唸書幹麼？總是諸多藉口，你除了吃喝玩樂，還懂些甚麼？」我當然不會理會他，解釋也浪費時間，心想：「你懂甚麼？」自顧忙着自己的事。

小時候，爸爸最疼愛我。流傳下來的舊照片告知我，爸爸經常跟我玩耍，和我一起踢「西瓜波」。小時候家貧，但爸爸克勤克儉，努力工作，把辛苦賺來的金錢全都花在家庭開支上。雖然我們沒有很優質的物質生活，但爸爸每個週末或週日，都會帶我們一家從老家筲箕灣出發，乘坐歷史悠久的廉價交通工具——電車，前往位於銅鑼灣的維多利亞公園玩耍。我們雖然沒有能力購買售價高昂的玩具，但爸爸總會帶我們逛逛日資百貨公司；更會帶我和妹妹去吃我們最愛的麥當勞。印象中，爸爸就是世上最好的爸爸。

後來，我們遷到公屋居住了。我逐漸長大，也慢慢變壞。成績每況愈下，操行慘不忍睹。無心向學、品格不端、到處惹事生非，自命不羈反叛。爸爸仍然是那位盡責的好爸爸，但我卻屢屢令他失望。父子間的關係，愈來愈差。爸爸面對着我，往往控制不了自己的情緒——其實他一直都是一位超級好好先生，沒甚麼脾氣。這個世界上只有我這位天才，可以令他動輒大動肝火。

然而，世事總是出人意表。由於對「兩史」——中國歷史和世界歷史科的熱愛，我重新愛上唸書，也慢慢變回一位好學生。1991年，我經歷了一年重讀中五的生涯，終於成功升上中六，修讀預科，立志要考入大學唸歷史專業。爸爸很欣喜，他總是一直支持我；人家都說唸歷史沒甚麼好前途，爸爸卻說只要我喜歡，唸甚麼都行。

1992年的一個冬日，黃昏

時分，爸爸買了六罐啤酒、一包花生，跟我在「父親的涼亭」喝酒，進行我夢寐以求的 Men's Talk。那天我們談了很多很多，都是 deep talk：談人生、理想，甚至我的感情世界；我還很鄭重的為過去自身的胡作非為，向爸爸道歉。爸爸很是高興，他覺得兒子長大了，終於變得懂事，會追尋自己的理想，他以我為榮。

又過了三年左右，1995 年的中秋節，爸爸在家中吃了晚飯以後，突然覺得心口劇痛，然後咳嗽大作，咳出鮮血。我趕緊送爸爸到鄰近的威爾斯親王醫院，途中經過「父親的涼亭」，看了一眼，覺得很是淒楚，淚水奪眶而出。兩天後，爸爸在醫院的深切治療部與世長辭。我跪在地上，送爸爸最後一程，親眼看着他離開，那是我人生第一次這樣接近死亡。

我的人生有不少遺憾，爸爸沒能親眼看着我大學畢業，是其中一大憾事。以後我的成長與經歷，他都不在我身旁，沒能跟我一起分享，更令我深感難受。父親離世已經二十多年了，沙角邨還在、「父親的涼亭」還在，我跟他那一場有酒有情的 Men's Talk，也將長存在我的腦海。到那一天我也作古，能跟他重聚時，我們父子再來盡興一場。

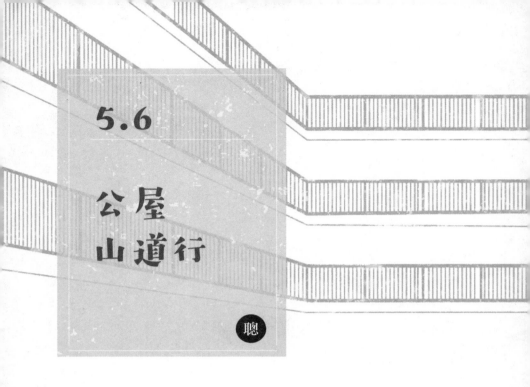

5.6
公屋山道行

聰

　　1982 年初遷往沙田沙角邨的公屋單位前，我們一家住在港島東區筲箕灣南安里的舊唐樓內。筲箕灣算是鬧市，我們居住的單位位於四樓，為了空氣流通之故，我們慣常地打開窗戶，大樓下途人路過時的閒談內容，只要我們集中精神一點，就可聆聽得清清楚楚。如此鬧市，雖然購買日用品異常方便——大樓下就有士多了！不過喧鬧如此，有時也想出走避世。

　　那時候家境不太好，爸爸營營役役地工作，生活也只屬僅夠糊口。雖然物質生活不優越，但爸爸總是堅持在週日安排「一家總動員」外遊活動，盡量用最低消費的方法，換來闔家愉悅的一天。坐收費便宜的電車從筲箕灣出發，前往位於銅鑼灣、免費入場的維多利亞公園遊玩——對！那程電車所需時間甚久，至少要四十五分鐘至一個小時才能到達灣仔或銅鑼灣；也不錯啊！可以當

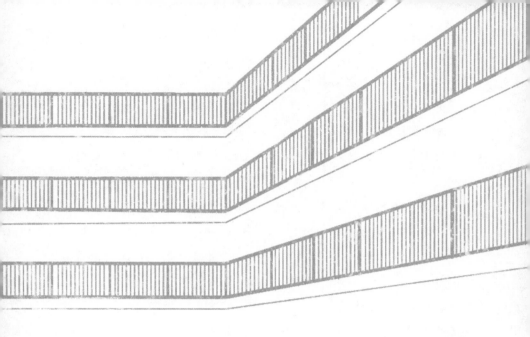

成是「遊車河」呢。炎炎夏日的話，爸爸會建議一家前往石澳暢泳消暑。往石澳的巴士總站就在我們家樓下，我們下去立即跳上巴士，大約四十五分鐘左右就身處石澳泳灘了。在那裏暢泳一整天，亦是免費。

可是，好景不常，遭到業主迫遷的我們，看來要永遠告別這種也算得上是非常優質而且免費的週末娛閒生活。房屋署寄來的「上樓信」適時地挽救了我們一家，免於被迫遷往一個租金絕不合理的舊唐樓小房間；不過我同時心中暗忖：「沙角邨是甚麼地方來呀？有甚麼好玩的呢？會有山有水可讓我免費度過週日嗎？」實在令人擔心。

但爸爸就是好，遷到位於沙田的公屋單位以後，他不斷努力發掘「好去處」，以期彌補我們因失去維多利亞公園及石澳而產生的淡淡遺憾。一個星期日的早上──真的是非常早的早上！大約六時多吧？反

正一定是七時正之前的，爸爸突然興高采烈地把我們全家弄醒，然後着我們極速梳洗更衣，說要帶我們去一個新發現的地方遊玩。

在爸爸帶領下，我們一家四口徒步前往沙角邨對面的另一個大型公共屋邨——博康邨。我問爸爸：「一大早帶我們來這裏幹甚麼？博康邨我常來呀，都是來和同學或朋友踢足球。除了球場，沒甚麼地方值得花時間遊玩啊！您想跟我踢球嗎？如果是，為甚麼把媽媽和妹妹都帶來了？」爸爸只笑而不語，似乎想給我們一個驚喜。他引領我們走上一條很長的斜路，這條斜路位於博康邨的邊陲地帶；在我家的廚房向外邊眺望，可以清楚看到這條斜路，但我從來沒有好奇地想過這條斜路究竟通往甚麼地方。

良久，我們不經不覺已走了數百米，還沒有看到斜路的盡頭，博康邨卻已在我們身後了。空氣變得非常清新，我們

也逐漸聽到流水所發出的聲響。我驚喜地問爸爸：「啊！這裏有山澗嗎？」爸爸揚一揚手，示意我們向左邊看看，果然有一條山澗！溪水非常清澈，我們可以清楚看到在溪水中，盡是小魚、小蝦和小蟹。我和妹妹二話不說，馬上就往山澗衝過去了。

那天大概是初春時節，算不上太炎熱，但一路從山腳處走路上來，大家也有點冒汗。爸爸竟然如斯細心！他把早已預備妥當的毛巾拿出來，我們即場利用清涼的溪水洗面，真舒服！在石澳暢泳消暑的感覺徹底回來。山澗間一直吹着涼風，我們坐在一塊大石之上，觀賞着眼前美景，感受着涼風，不知不覺之間——可能是這個早上太早起床的緣故，我竟打了一頓瞌睡。

未幾，爸爸發號施令，我們繼續趕路。一直往斜路的盡頭處走上去，大概多走了十五分鐘左右，我們到達山腰。那處似乎是山澗的中上游位置，有一個小瀑布呢！瀑布底部有一個面積甚小的水潭，水呈深綠色。爸爸非常認真地跟我和妹妹說：「這次帶你們上來以後，恐怕你們也會跟鄰居友人們自行上來玩了。你們在山澗下游玩、玩水是可以的，那處似乎也不太危險。但是你們一定要緊記，萬萬不可在這個水潭嬉戲。這個水潭色澤深綠，恐怕深不見底，非常危險。」

說完以後，爸爸就示意我們繼續向高處走上去。慢慢地，山路愈來愈狹窄；也愈見不平坦，就像是由無數前人「走出來」的一樣。爸爸笑道：「你們都聽過『路是人走出來』的吧？哈哈哈哈哈，你看這條山路就是證據，人類真是可以單靠雙腿把一條山路『走出來』的呢！」媽媽聽後也大笑了。大抵那時我和妹妹還不足以明白這句老話是甚麼意思，當然不懂得笑了，只是低着頭，默默地在走那條頗為崎嶇的山路。

再多走約三十分鐘，赫然發現我們已經到了高處。穿過一個小樹林後，驀地豁然開朗，我們竟然可以俯瞰大半個沙田區，真是美不勝收！沙角、乙明、博康三邨，以及新城市廣場、城門河、曾大屋等，均在我們腳下，感覺奇妙！

爸爸一邊看着美景，一邊跟我們說：「這條山路名叫『慈沙古道』啊，一直以來都是人們徒步來往沙田和慈雲山的最重要道路，據說已有幾百年歷史了。我們在此休息十五分鐘，然後出發前往慈雲山！大概再走三十分鐘左右就到了。大家加油，到達慈雲山後，我們可以吃早餐，然後乘坐巴士返家，好嗎？」看來，爸爸已為我們一家安排好遷到新居以後每個週日的健康活動了。有山有水，不就跟維多利亞公園與石澳泳灘不遑多讓嗎？

爸爸好介紹！這個地方理所當然地成為我跟鄰居友人們經常前往的「旅遊景點」。特別是暑假時候，炎炎夏日，我們差不多每天在家吃過午飯之後，就會集合上山去了。當然，我們的目的地可不是慈雲山啦！我們最愛那條山澗，在比較淺水、看起來相對安全的中下游區域嬉水；或大伙兒坐在大石上乘涼閒聊，就是最具娛樂性又免費的暑期活動。從遷到沙角邨起，我們可有足足數年的時光，只要一有空閒時間而想不到有甚麼地方要去，「山溪」——我們對那條山澗的稱呼——總是我們不約而同立即想到最想前往的、最理想的目的地。

不過，有兩項關於在「山溪」遊玩的重要「守則」，我們一直緊記在心。第一、那個位於中上游，潭水呈現深綠色的水潭，我們雖然偶爾也會到那處感受中上游的優良水質，但謹遵爸爸的勸告，我們從來不敢跳進潭中暢泳，那看來實在危險。第二、我們偶爾會在中下游處捕捉小魚或小蝦，發

現愈接近黃昏以至天黑時分，水裏的小動物數量愈來愈多。我跟爸爸說起這個奇怪現象，他再一次非常認真地跟我解釋：「你不知道為甚麼這樣嗎？因為愈接近天黑，某種力量愈強大。它想把你們留在那處呢，所以你們會看到想捕捉的魚、蝦、蟹數量愈來愈多，因為它利用這些小動物來吸引你們留下，直至天色入黑……。」我深信這個現象背後應該有合理的科學解釋，爸爸只是亂說一個原因，希望我們不要玩至太晚回家而已。

然而，我即使心生懷疑，仍然覺得爸爸的話有些道理。每次我們一眾友人到「山溪」遊玩，最遲到了黃昏時分，便立即撤退。在天色昏暗下的「山溪」，的確隱然給人一點點心寒感覺呢。

你們都聽過「路是人走出來」的吧？

你看這條山路就是證據，
人類真是可以單靠雙腿……
把一條山路「走出來」的呢！

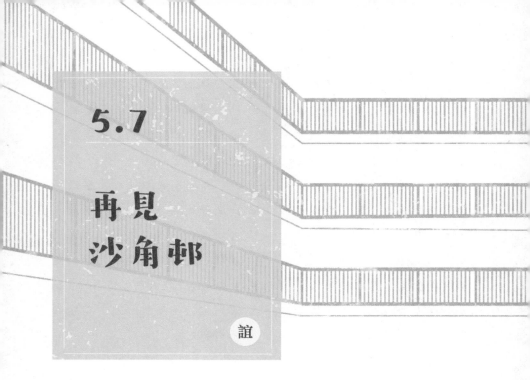

5.7

再見
沙角邨

誼

1982 年 3 月 20 日，我們由
筲箕灣唐樓搬到沙田沙角邨公
屋。

2011 年 7 月 21 日，我們將
沙角邨單位交還房署，正式離
開這個住了接近三十年的地方。

離開前的最後一瞥，空空
的房子寂寂然的。幾秒間，腦
海的回憶像儲滿舊事的氣球忽
然洩氣，空寂的房子貪婪地吸
取氣體，在一瞬間復活過來。
我與父母、哥哥、寵物貓波仔
不同時期的生活片段傾瀉而出，

把房子的空間，甚至是極細微
的縫隙都填滿了。

剛搬進來時是春天，因
搬得倉促，很多家具都來不及
添置，黑白電視甚至只能暫時
放置在大鋼床的上層。我們排
排坐觀看着電視劇《飛越十八
層》，在充滿想像力和幽默有
趣的情節中，沉浸在終於有了
安樂窩的喜悅。

只得不足十度的寒冬，我
們圍坐飯桌，看着火鍋爐的發
熱線慢慢變紅，鍋子中的水沸

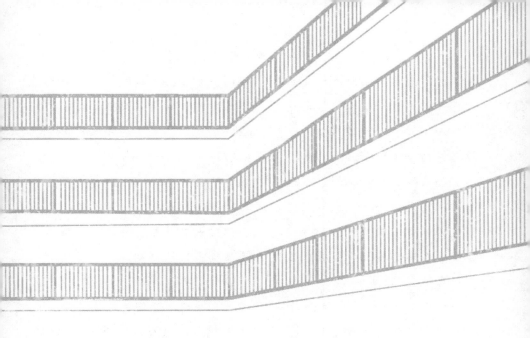

騰起來。爸爸隨即將不同的火鍋料傾倒鍋內，媽媽喊：「要如此心急嗎？」我和哥哥看着湯中載浮載沉的魚蛋、牛丸、腸仔、鯇魚片、魷魚、豬皮、肥牛，笑得合不攏嘴。裊裊上升的炊煙、氤氳繚繞的香氣伴隨我們一家四口的談笑聲，似乎這小小的蝸居也感受到我們的快樂而微笑起來。

某個炎夏清晨，我被心中的不安喚醒，爸爸已經下樓到附近的報攤買報紙了。片刻，拿着報紙的爸爸回到家，立時將報紙遞給我。我打開報紙，心情與 A–LEVEL 放榜無異，心跳加速，血液上湧……找到 JUPAS 聯招結果的一頁，遍尋代表自己的號碼，Yeah！我如願入到心儀大學！我總算沒有辜負無數個努力溫習的晚上，和我並肩作戰的小房子應該也感到無比安慰吧！

無數個晚餐時間，廚藝精湛的媽媽總會炮製不同的「家常小菜」──蜜糖雞翼、蒜蓉

蝦、豉汁蒸鱔、煎豬扒、蒸陳皮鮑魚仔、炸一字骨⋯⋯而不同款式、不同功效的老火靚湯、滾湯當然亦不缺。記得媽媽常說,如果她賣湯的話,定必蝕蝕,因為用料太好、太足了。媽媽色、香、味俱全的菜餚,令我們在這小房子中享用的每一頓飯都成了盛宴。

一年風季,來了一個路徑「猶豫」的熱帶風暴,究竟要不要上學呢?我和哥哥如常早起,聽電台的風暴消息。當教育署宣佈停課,我們不禁歡呼,此時疲憊感已被這突如其來「風假」帶來的興奮掩蓋。正盤算這天如何打發,發現窗外天色開始暗下來,雨點灑下,由水滴至傾盆;風也明顯大了,吹得窗戶轟轟作響。屋內呢?燈火通明,伴隨着新聞報道員的風暴消息,媽媽這時從廚房端來一碟小籠包,這本來就是我們今早上學的早餐。我和哥哥便邊聽着新聞,邊吃着新鮮出爐、熱氣騰騰的小籠包。家中

溫暖熱鬧,街外橫風橫雨⋯⋯這段回憶,令我以後在每個風暴早晨,都異常懷念那個八號風球的早上在沙角邨家中,那幾隻曾經出現的小籠包。

如果說,愉快的回憶都是充滿生氣的,那憂傷的回憶就定必籠罩着死亡的陰霾了。

有一年,媽媽一位好友的丈夫親手造了一個金魚缸送給爸爸,自此我們便養起金魚來,而這一缸魚確為斗室添上幾分雅致。爸爸是一位相當認真和負責的養魚人,他除了購置過濾器、打氣設備、底砂、水草,還會定時為魚缸換水。幾尾眼睛大大卻從不眨眼的金魚在水中暢游,優游自在,不亦樂乎。不過,我們很快便發現,金魚原來相當短命。當看到金魚開始游背泳,露出白白的肚子,小嘴開開合合的動作緩慢起來時,我們就知道不出兩天,金魚會離開這個世界。待垂死的金魚終於嚥下最後一口氣,爸爸就會用魚網將牠從水中撈起。

筆者一家搬離沙角邨單位前的家中雜物照。

金燦燦的鱗片瞬間褪去光澤，空氣中飄浮着一抹淡淡的腥味。

由於家族長輩眾多，年紀小小便經歷親人的離去，當中不乏非常疼愛我們的伯伯、伯娘。而 1995 年 9 月，萬料不到正在讀大學三年級的我和哥哥，竟經歷了喪父之痛。本來身體就不太好的爸爸，於中秋節晚上突然心絞痛，被送進醫院後情況仍然嚴重。一晚媽媽、哥哥和我探望完爸爸後回家，各人快速洗澡就寢。燈甫熄滅，電話便響起，醫院的姑娘說爸爸情況危殆，着我們快去見他最後一面。我們亮起燈，極速更衣，以哽咽的聲音交談着。好奇怪，那一夜的小房子好陌生，看到的燈光不是平日的燈光，聽到的聲音不是平日的聲音，吸到的空氣也不是平日的空氣。一切彷彿不搭調，一切看來都錯誤了。

爸爸離開後，家中迎來了新的成員——我們的寵物貓——波仔。剛接牠回家時，

只是一頭一個多月大的小不點，我們看着擁有啡毛的背和尾巴、白色肚腩和四肢、額頭有些許虎斑的小小貓，不安躁動地在家中跑來跑去，兼且不時發出尖銳的「喵喵」叫聲。不消一個星期，牠終於慢慢冷靜下來，在我家開展了長達十年的「皇帝貓」生活。直至 2008 年，牠開始食慾不振，體重減輕，獸醫說是得了嚴重的腎病。跟波仔發病的同一時間，把牠寵愛到不得了的媽媽竟被檢查出患有末期淋巴癌。一人一貓，恍如生命共同體般相附相依。當媽媽開始艱苦險峻的化療，波仔也迎來生命最後的日子。關於我們兩兄妹如何送走牠的描述，哥哥在本書〈公屋單位內有惡貓〉一文中有詳盡描述，在此不贅了。不過，波仔自願走進籠中，匍匐着，本來又大又圓的眼睛失去光彩，眼神卻沒有恐懼，也沒有呼叫，好像深明將會發生在自己身上的事，選擇平靜地等待。這時，沙角

邨的家又瀰漫着彷彿當年父親將要離世時那種一切不搭調，一切看來都錯誤了的感覺。

　　媽媽在波仔離開後三年，也返回天家了。在沙角邨執拾她的遺物時，哀傷的心情已平靜不少，回憶亦不斷湧現⋯⋯我不會忘記媽媽總是一早起床為我們煮早餐，還有公開考試時的燉雪蛤膏、下課後放在飯桌上的茶點、夜晚回家時倚在欄杆邊的等待，甚至上學乘車的零錢也為我預備妥⋯⋯我不會忘記年紀小時，頑皮的我總是害她擔心——我總愛爬窗玩耍，因跑得太快在濕滑的酒樓洗手間滑倒，嘴唇流血；好幾次，不知為何激怒她，她拿着不同的「武器」如藤條、衣架、神主牌打我。嚎啕大哭後的我總會飢餓非常，往往哭着要「麵包」，她便會端來麵包給我，邊抱我邊說：「下次唔好曳喇！」我不會忘記小學時一次鬧情緒，不願上學，她拉着我，要我換校服，拉扯着我回校。

我邊哭邊行，從此以後，不敢造次。我不會忘記她由小到大的教誨：做人要誠實、要知足、要有是非黑白之心、説一便一、説二便二。回想起來，我坦率豪爽的個性也一定是遺傳自她。我不會忘記她對張國榮的瘋狂、對病中父親的照顧、對波仔的寵溺、對小動物的愛心、對朋友的義無反顧、對某一些想法的偏執、對幽默感的觸覺……

離開前的最後一瞥，空空的房子驀地被我們一起經歷的回憶填滿。這些回憶摻雜着喜、怒、哀、樂，但回憶卻往往在不知不覺間糅合為一，並點亮了這間小房子，令它生出了自己的生命。直至我們步出這間小房子，關上大門，徹底與它割捨，那些我們曾在此生活的痕跡亦隱然退場，剩餘的，就只有在我們心中零碎的記憶。我們離開了，房子的生命也終結了嗎？答案當然是否定的。因為，生命與回憶互相依存，只要我們的記憶不滅，房子也會以它的方式繼續在時光中流轉下去。

偶爾乘車時，車子在舊居外的大馬路呼嘯而過，我會想：新住戶是甚麼人？他們會與這房子一起經歷怎麼樣的屋邨歲月？無論如何，我希望在不能逆料的人生境遇中，每一間房子的主人，都能好好地與自己的房子相處——房子為我們遮風擋雨，我們為房子創造回憶，這對好拍檔，一同在這個名為「家」的地方，好好地生活。

我們離開了，房子的生命也終結了嗎？
答案當然是否定的。

因為，生命與回憶互相依存，
只要我們的記憶不滅，
房子也會以它的方式繼續在時光中流轉下去。

我們都是這樣在屋邨長大的

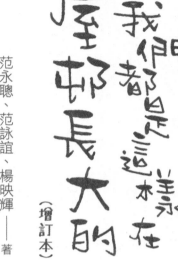

范永聰、范詠誼、楊映輝—— 著

（增訂本）

責任編輯
梁卓倫、梁嘉俊

修訂本封面設計
Winny Kwok

裝幀設計
楊愛文

排版
楊愛文

封面插圖
Smallook

內文插圖
Smallook、楊愛文

印務
劉漢舉

出版
非凡出版
香港北角英皇道 499 號北角工業大廈 1 樓 B
電話：（852）2137 2338　傳真：（852）2713 8202
電子郵件：Info@chunghwabook.com.hk
網址：http://www.chunghwabook.com.hk

發行
香港聯合書刊物流有限公司
香港新界荃灣德士古道 220-248 號
荃灣工業中心 16 樓
電話：（852）2150 2100　傳真：（852）2407 3062
電子郵件：info@suplogistics.com.hk

印刷
深圳市雅德印刷有限公司
深圳市龍崗區平湖街道輔城坳工業大道 83 號 A14 棟

版次
2023 年 7 月初版
2024 年 5 月第二次印刷
© 2023 2024 非凡出版

規格
16 開（220mm X 150mm）

ISBN
978-988-8809-40-0